U0036171

魔豆

魔豆

除魔派對
vol.
7
[完]
榴岩翡嶼皆大凶
醉琉璃——著
夜風——插畫

目錄

除魔派對
人設
毛絨絨
毛茅&黑琅
萬歲❤貧乳萬歲❤貧乳萬歲❤貧乳萬歲❤

白烏亞
高甜
時衛

楔子

當那抹雪白如棉絮的細小物體飄落在凌淨眼前時，她一時沒反應過來，只是下意識地伸手接住。

她以爲是蒲公英，可是落在掌心上的冰涼觸感讓她愣了一愣。

冰的……？

凌淨連忙定睛一看，卻發現手掌上已空無一物，只有小小的水滴。她吃驚地張大眼，搓了搓掌心，確定那的確是水沒錯。

「凌淨，怎麼了？」與凌淨同行的同學不解地問。

「不，沒事……」凌淨含糊帶過。她覺得剛飄下來的東西好像是雪，但現在是秋天，還熱得跟夏天差不多……這種溫度哪可能飄雪呢？

更何況他們榴岩市在冬天也不下雪的，缺少太多下雪的條件了。

估計是自己眼花看錯了吧？凌淨素來對小事不甚在意，一下就把這段小小插曲拋到腦後。

已經超前她好幾步的同學回過頭催促，「凌小淨，妳在幹嘛啊？」

「不要跟林大靜一樣喊我凌小淨啦！」凌淨邁開大步追上，一張明艷臉蛋不滿地皺起，

「我明明比莫衣妳大好幾個月耶！」

「嘿嘿，套句林靜靜說過的，我們是心智年齡比妳成熟啊。」韓莫衣竊笑地說道。

她是凌淨的同班同學，但和五班的林靜靜交情也不錯。

或者說，一年級中幾乎沒有林靜靜不認識的人——差別大概只在於熟稔程度而已。

凌淨很早前就對自己鄰居的交際能力甘拜下風了，她身旁的所有人都認識林靜靜。

「哪有，明明我比較成熟……」凌淨咕噥說道。但也知道這話題再繼續下去，只會是自己輸。口頭上的爭論她向來不是很擅長，即使她長了一張看起來很有氣勢的艷麗臉蛋。

韓莫衣拉住凌淨的手搖了搖，「好啦，開玩笑嘛。我們走快點吧，天空看起來陰陰髒髒的……」

「看起來不會下雨啊……」凌淨也仰起頭，映入眼中的是大片灰濛濛的天空。

向遠方望去，就連天際邊的景象也像被罩上一層薄薄的灰色，遠處大樓彷彿被打上了模糊化的濾鏡一樣。

她心領神會，瞬間明白了韓莫衣沒說出來的潛含義。

這天空陰陰髒髒的，天曉得是多嚴重的霧霾造成的……她們要是繼續在外面走，根本是當了一回人體空氣清淨機了。

想像一下自己會吸進多少髒空氣，凌淨就忍不住打了一個哆嗦。

「走走走，我們快點走！」凌淨立刻化被動為主動，緊緊反握對方的手，加快速度往前走。

她們只是想趁假日到外面走走逛逛，本就沒有什麼地方非去不可。

韓莫衣提議說逛膩了市區，想挑一些她們平常沒去過的地方，所以兩人才會不知不覺逛到了較偏僻的郊野。

此處放眼望去，盡是長滿草叢的空地，以及不知道還有沒有在營運的廠房。

早先時候，天空還是相當乾淨的，澄澈的藍天上綴著白雲。無論是凌淨還是韓莫衣都沒想到，只不過幾個片刻，天空就變得像被人潑了一盆髒水上去。

按照凌淨兩人的經驗，這都是霧霾造成的。

凌淨打定主意，回到市區後，要找一間有冷氣的咖啡店或甜點店待著，最起碼可以少吸一點髒空氣。

可突然間，被她拉著走的韓莫衣冷不丁反拉了她一把。

「幹嘛？」凌淨一頭霧水地回過頭。

「凌小淨。」韓莫衣抽回手，改雙手合十地瞅著凌淨，「我剛剛忽然想到，這裡好像有一座滿漂亮的廢墟……既然我們都來到這了，就讓我去看看再走嘛！」

「……啊？」凌淨瞪大了眼，眼裡明晃晃地寫著不同意。

她對廢墟才沒有興趣，一點也無法理解那些破敗、無人居住的建築物，到底有哪邊值得多看幾眼的？

偏偏韓莫衣與她相反，外表看起來文文靜靜、一副對戶外活動不感興趣的模樣，實際上卻喜歡去那些廢墟冒險，還總愛拍些廢墟照回來。

「一定要嗎？」想到要去的地方可能草長得比人還高，或許還有一堆蚊子、小蟲之類的，凌淨越發感到卻步。

「拜託啦……小淨我知道妳人最好了！」韓莫衣馬上兩隻手握住凌淨的手，一邊晃著一邊央求，「陪我一下嘛，我記得不會太遠的，妳就當完成我的願望啦……我改天請妳吃蛋糕！」

一聽到蛋糕，凌淨眼睛就亮了。免費的甜點誰不愛呢？

「好！」她當下豪氣萬千地答應了。

「太棒了！」韓莫衣掩不住喜悅，立刻掏出手機找資料，她是在廢墟社團內看見相關情報的，「我記得是一座外面爬滿很多植物的屋子……」

「那裡應該不會有鬼……幽體出沒吧？」凌淨覺得還是要先問清楚，她實在很怕那些不科學的東西。

韓莫衣笑了好大一聲，「才不會呢！那邊還有人在上班，凌小淨妳完全不用害怕啦。」

凌淨愣了一下。

有人上班？換句話說……那是間公司吧？

等等，再換句話說……

「那根本就不能叫廢墟吧！」凌淨拔高了音量。

「呃……」韓莫衣抓抓頭髮，「的確是不能算啦，就是它的外表看上去眞的很像廢墟，所以社團……就是我加入的那個廢墟研究社團，才會有人把它的照片放上去。」

「天啊，別跟我說那個社團的人曾闖進去過。」凌淨翻了一枚大白眼。

「沒有、沒有。」韓莫衣趕緊搖著手，「闖進去不就成犯罪了嗎？」

凌淨內心吐槽著，就算是闖入無人的廢墟，只要那還是私人建物，都算是犯罪了好不好？不過她最後還是沒把這些話說出來，她也知道像韓莫衣有著這樣喜好的人，大多都是單純熱愛那些充滿殘破美感的建築物的。

「妳說的屋子在哪裡？我們走快點。」凌淨催促，「只准拍幾張照，絕對不准想要溜進去喔。就算今天是假日，那邊沒人也一樣！」

「知道了！」韓莫衣笑嘻嘻地拉著凌淨，往目的地方向走。

她們要前往的那幢據說很像廢墟的屋子，就矗立在榴岩市與隔壁翡嶼市的交界附近。從此刻她們所在位置徒步走過去，大約還要二十幾分鐘。

爲了讓凌淨不要半途就失去興趣，韓莫衣還找了廢墟社團裡的照片給她看。

凌淨抱持著幾分好奇，往韓莫衣手機螢幕湊過去。

這一看，她不禁張大了嘴，那怎麼看還眞的就像是……

廢墟。

外觀看起來是一棟隨處可見的老舊水泥大樓，然而一般的大樓外牆，實在不可能攀爬著那麼茂密的九重葛。

那幾乎可以稱得上是九重葛牆了。

珊瑚紅的花苞和暗綠色的枝蔓雜亂無章地侵佔了眼所能及的牆面，在白天看著，就已經散發出一股難以言喻的陰森感。

凌淨不難想像，要是晚上看到這幢佔地廣大又被瘋長的植物覆蓋的建築物，估計十個人中會有九個人認定這是座荒廢的建物。

不過在照片中的灰暗天空底下，的確散發幾分奇異的荒涼美感。

「是還挺漂亮的。」凌淨老實說。

如果這時候和凌淨相當熟稔的毛茅也在現場的話，他一定能立即認出來，這棟被人當廢墟的水泥大樓——就是除穢者協會的榴華分部。

「對吧？對吧？」見凌淨有同感，韓莫衣一雙眼睛笑得彎彎的。

只不過女孩的笑意才浮現沒多久，就驀地垮了下來。

「不是吧……」韓莫衣錯愕地看著眼前的路障，本來應該能通行的路，如今卻被封鎖起來，擺明著不給人通行，「怎麼忽然就……」

「也許前面施工？」凌淨倒是沒什麼失望的感覺，「路都封起來了，我們就……」

「還是可以走過去的啊。」韓莫衣不死心，「小淨妳看，我們從旁邊還是能走進去的。都來到這裡了……拜託？拜託嘛。」

「我的天……妳到底是多愛廢墟啊？」凌淨完全不能了解對方的熱情，但看在免費蛋糕的份上，她還是願意繼續陪對方往前走的。

兩個女孩從路障邊邊繞了過去，可才走沒多遠，映入眼中的景象讓她們只能宣告放棄。又是一重路障。

由鐵架與鐵絲網組成的拒馬就像是一道不容他人進入的城牆，一旁還立了告示牌，大大的「私人土地，請勿進入」八個字，就寫在上面。

而且這一次，還有穿著制服的人員站在拒馬後面，剪裁合身的藏青色服裝勾勒出他們俐落精悍的體格。

很可能是某家保全公司的特派職員。

對方一看到她們，眉頭登即皺起，卻也沒多說什麼，只是揮了揮手，要她們趕緊離開。

當下被抓包個正著，讓凌淨與韓莫衣不禁面紅耳赤，急急說了一句對不起就慌慌張張地轉頭往後跑。

一邊跑，凌淨不忘一邊向朋友抱怨，「好丟臉啊啊！我都想找地洞把自己埋進去了……蛋糕要加倍！要請我吃雙倍的蛋糕才行！」

「妳說的都行……嗚啊，我也覺得好丟臉……」韓莫衣哀號一聲，整張白淨的臉蛋漲得通紅。難得一次做壞事，沒想到就成了現行犯。

早知道還是不該隨便闖進去的。

兩人急忙地跑了一段路，直到跑出第一道路障才停下了腳步。

「先、先暫停一下……讓我喘口氣……」韓莫衣緊拉著凌淨的手，要她別再往前衝了。

「妳該好好鍛鍊一下身體了。」比起氣喘吁吁的韓莫衣，熱舞社的凌淨狀況好上太多了，畢竟練舞向來很耗體力。

「才不要……」韓莫衣邊喘邊不忘堅定地說，「我就是……喜歡自己是這種……沒體力的樣子……」

「妳還是別說話了吧，都喘成這德性了。」凌淨無奈地搖搖頭，再次感慨自己今天怎麼就被韓莫衣給騙出來呢？

早知道會這樣，還不如跟林靜靜去看電影。

……不，還是不要好了。記得這禮拜有三部新的鬼片上映，依照林靜靜的性子，說不定會喪心病狂地拖著她連看三部。

自從小紅帽事件之後，對一切非科學都有了陰影的凌淨抱著雙臂，打了一個寒戰。

韓莫衣自然不曉得凌淨心中所想。好不容易呼吸平緩了些，胸口處也沒有那種像要炸裂的感覺，她直起身子，然後……

就被眼前所見驚得喊了一聲。

「雪⁉」

「什麼？什麼雪？」凌淨訝異地看向她，接著再下意識地順著她的目光往上看。

凌淨目瞪口呆。

她們頭頂上這片灰灰髒髒的天空，眞的下雪了。

宛如把一切髒污徹底隔絕開的片片雪白，冉冉自高處飄下……

像是棉絮，像是鵝毛。

落到凌淨與韓莫衣不自覺張開的掌心中，接觸到溫熱，很快地融成一點點小滴水漬。

眞的是雪。

凌淨不敢置信地眨眨眼，她看看自己已空無一物的手，再仰頭看向仍舊緩緩落下的雪花，猛地意會過來，自己之前看見的，不是錯覺。

那時候確實是飄下一片雪了。

但是、但是……這怎麼可能呢？這裡是榴岩市。

榴岩市從來不曾下過雪的啊！

「我是不是眼花了？」韓莫衣喃喃地說，「現在還是秋天耶，我早上看氣溫還有二十八度的秋天耶！」

照理說，這種溫度不可能會下雪的。

對於韓莫衣的滿腔疑問，凌淨只乾巴巴擠出了一句話來回應，「啊，眞是見鬼了……」

被白雪震懾住心神的兩名女孩絲毫沒有發覺到，她們旁邊的荒草底下……

無聲無息地凍上了一層薄薄的寒冰，在草葉縫隙間，反射出冰冷的光芒。

第一章

如果問林靜靜，榴岩市會不會下雪？

她一定會斬釘截鐵地回答說——榴岩市從來不曾下過雪的！

但換成現在，林靜靜只能把自己當初的信誓旦旦給嚥了回去。

她作夢也沒想到，有一天榴岩市居然眞的下雪了。

還下了兩天！

今天則是第三天。

雪是從上週六突然開始下的。

這在市裡自然引起了軒然大波，打開電視一看，各家新聞都在探討詭異的天氣變化。專家學者唇槍舌劍地展開辯論，「氣候異變」的論點獲得了最多人認同。

當然也有人提出了政府陰謀論，或是外星人即將入侵地球等說法。

最後就連中央氣象局也出面澄清，說明這場十月雪源自於氣候發生了不尋常的變化，應該只是短暫現象，民眾不須太過擔心。

對於這番說法，有的人信了，有的人還是抱持存疑的態度。

但無論如何，這場來得怪異的雪實際上並沒有帶給人民太大的影響。

至目前為止，依然只發生在榴岩市區及翡嶼市交界處。

身為榴岩市民，林靜靜最初也是驚喜交加，她只有在國外見過雪景。瞧見自己居住的地區竟然飄下了白雪，她迫不及待拿出手機拚命拍照，還巴不得下多一點，最好能讓她嘗嘗堆雪人的滋味。

可惜雪勢絲毫沒有轉大的跡象，從上週六開始一直維持細微的雪花，一落地便融得不見蹤影，別說是堆雪人了，連搓個雪球也辦不到。

而當興奮勁過去後，這場十月雪就引不起林靜靜的興趣了，畢竟生活中還有許多更重要的事。

對學生來說，就是考試。

只剩幾天就是期中考，讓大多數學生很快失去了對雪的熱情，轉而將重心放在複習上。

林靜靜也是其中一人。

不過她倒是知道，雖然他們覺得雪不稀奇了，其他縣市的人還是會興沖沖地特地到榴岩市或翡嶼市，好一探這罕見的奇景。

「唉唉……」林靜靜靠在教室窗戶邊，望著還在悠悠飄落的雪屑，幽幽地嘆了一口氣，「這雪要下到什麼時候啊？下得像毛毛雨似的，就不能下得更乾脆一點嗎？」

「對啊，感覺就跟尿尿沒尿乾淨一樣呢。」旁邊有人跟著嘆氣附和。

「咿！這什麼形容？感覺好髒啊！」林靜靜反射性轉過頭，剩下想抱怨的話在看見說話人的面容時，通通戛然而止，轉換成了另外兩個字，「毛茅？」

有著可愛臉蛋的紫髮男孩點點頭，「是我沒錯，怎麼了嗎？」

「別用你那麼可愛的臉，說出那麼破壞氣氛的話啦。」林靜靜哀怨地收回了向外看的視線，她現在都不曉得該怎麼直視那些飄得稀稀疏疏的雪了。

「會嗎？我覺得我形容得還不錯呀。」毛茅露出一口白牙。

「是是是，你可愛你有理。」林靜靜太清楚自己嘴上絕對贏不了毛茅的。她坐回位子，看了看周圍，見其他同學都埋首於課本或講義中，她壓低音量，「欸，毛茅。問你喔……」

「靜靜妳問吧。」

「你覺得這場雪，會不會……」

「嗯？會不會怎樣？」

林靜靜的聲音壓得更低了，一副像怕被人抓到似地竊竊私語說，「會不會跟……魔女有關啊？」

不能怪林靜靜這麼想，雖然官方說法是因爲氣候異變，才會造成這場出現在秋天的雪。

可最大的問題是……仍屬悶熱的天氣，哪可能讓雪形成啊！

林靜靜即使對氣候方面沒什麼研究，可好歹也有基本常識。雪是水氣經低溫凝結而成的，偏偏目前就算是下雪，溫度卻沒有下降的變化。

這幾天的氣溫可都還是二十七、八度，如果是正常的雪，別說是降下來了，根本連生成的機會都不應該產生。

「嗯……」毛茅沉吟一聲，然後金黃色的眸子笑得如弦月彎彎，瞬間閃花了林靜靜的眼，「沒聽說呢。也許眞的就是氣候哪邊出了問題吧？聽說榴岩市以前不是也下過冰雹嗎？」

「那都好幾年前的事了……」林靜靜立刻被轉移注意力，同時下意識相信了毛茅所言。毛茅都沒聽說這場雪與魔女有關了，那麼……估計就眞的只是自己想太多吧。

「快考試了，你也別忘記要好好唸書啊。」林靜靜叮囑完，不再打擾毛茅，自己也投入了複習這項大業裡。

早自習時間的教室變得越發安靜，只能聽到學生翻書或是寫字的細微聲響，以及偶爾有人壓低聲音的說話聲。

毛茅也拿出了課本，將之豎立在桌面上，接著準備，趴下來睡覺。

可還沒等他趴下來，放在抽屜裡的手機忽地嗡嗡震動。

毛茅摸出手機一看，原本閒散的神情登即轉成凜然。

是「刷一刷」發布了新的影片。

——有關榴華分部一夜之間被冰凍的完整影片。

剛才林靜靜問自己，這場十月雪是不是和魔女有關的時候，他沒有說出實話。

是的，除穢者協會認定這場雪……十之八九與魔女脫不了干係。

最後一位魔女。

雪是上星期六開始飄下，只限定在榴岩市和翡嶼市之間邊界，正好就是榴華分部所在地。

而榴華分部則是在上星期五晚間突然遭到寒冰封凍。

收到照片當時，即便毛茅再怎麼心大，也是震愕當場。

沒人知道榴華分部在這之前究竟發生了什麼事，更無從知曉那些層疊的冰霜又是如何平空生成。

「刷一刷」上面的討論瞬間一片混亂，許多人急著追問緣由，想弄清事情始末，更擔心榴華分部內人員的安危。

大家都知道，這陣子因為魔女頻繁出沒榴岩市，大批外地除穢者都被調派過來支援。

榴華分部，就是他們的主要據點。

如果他們都還在裡面的話……還活著嗎？

這個問題竟無人敢直白地問出來，彷彿怕一問出口，就會得到最壞的結果。

好在協會迅速給出了回應，雖說尚未知曉分部內的詳細情況，但他們能憑靠除穢者佩戴的手環偵測到明顯的生命跡象。

只是，其他未佩戴手環的內勤人員就……生死未卜了。

不過協會始終抱持著堅定的態度，相信其他人目前是沒有生命危險的。

畢竟有辦法以此等非人力量造成災害的，恐怕就只有魔女了，只有人形污穢能夠辦到。

污穢最厭惡的是除穢者，既然他們的生命特徵目前仍呈現穩定跡象，那麼分部的員工們想必暫時也是性命無虞。

毛茅伸手就要按下播放鍵，但手指又霍地收回。他想起自己今天沒帶耳機，眼下也不適合光明正大地播放影片。

心念電轉間，毛茅做了決定。

「靜靜。」毛茅回過頭，對斜後方的副班長露出了可愛無辜的笑臉，「我蹺一下課，晚點就回來喔。」

什……！林靜靜還沒來得及出聲討伐這位蹺課慣犯，那抹紫髮的身影就已一溜煙地跑了出去。

快得像一陣疾速的旋風，立時消失得無影無蹤。

林靜靜只能瞪著斜前方空蕩蕩的座位，在心底給毛茅用力地記下一筆。

居然一再地挑戰副班長的權威……

很好，沒有拿三份雞排來賄賂她的話，就等著她去跟老師打小報告吧！

頂樓天台是毛茅第二喜歡的蹺課去處。

至於第一喜歡的，當然是學校外啊！

避過巡邏老師與糾察隊的耳目，毛茅敏捷地跑上頂樓，找了個雪花飄落不到的乾淨位置便盤腿而坐。

拿出手機，點開「刷一刷」上面由協會放出的影片。

毛茅沒忘記把音量調到最大，以免錯過任何訊息。

影片是從固定位置拍攝的，看起來與榴華分部有點距離，但正好可以將整幢建築物完整收納在鏡頭內。

鏡頭沒有絲毫晃動，角度固定未變，顯然是監視器所拍攝下來。

毛茅屏氣凝神地看著手機螢幕。

黑夜裡的榴華分部看起來就像個陰森森的荒涼廢墟，就算亮著燈，也透出難以言喻的詭異感。

影片以快轉速度播放，毛茅看見了自己和澤蘭等人從分部離開，接著就再無人進出。

榴華分部彷如被寂靜籠罩，外觀沒有一絲異樣。

然而就在下一剎那，無人能預料到，異變陡生——

毛茅瞳孔收縮，捧著手機的手指無意識收緊，指尖用力。

榴華分部外的地面倏然冒出大量白霧，霧氣轉眼凝成了冰，透明中又帶著薄藍的寒冰快速且無聲地從地上往前入侵。

僅僅頃刻間，竟然強勢地包圍住了整個榴華分部，將它裹得嚴嚴實實，不留一絲縫隙，有如一座冰砌成的巨大堡壘。

不只如此，就連榴華分部旁邊的樹木、植物也一併被凍成了冰雕，生機像被徹底凍結住了。

讓人即便隔著螢幕，好似都能感受到一股迎面而來的森寒冷氣……

這場異變的發生不過短短數十秒，來得如此凶猛，如此讓人措手不及。

凡是看到此處的人，都忍不住要將一顆心提至嗓子眼。明眼人都看得出來，這麼短的時間，榴華分部裡的人壓根沒有機會逃脫出來。

而就在一切看似不會再有其他異變之際，被厚厚冰層封在深處的建築物前，冷不防浮現了一抹淡淡虛影。

起先是猶如冰雕似的腳尖，接著是蒼白得能夠看見青藍血管的小腿，像是霜雪與冰晶編織而成的裙襬，同樣蒼白透著血管的雙手、纖細的脖頸……

卻看不清她的面容。

一頭像被霜雪覆蓋的藍白色髮絲在半空中擺晃著，每一根髮絲有如被注入了生命。

人影慢慢地抬起了手，臉龐微側，目光似乎正對著那個拍攝下一切經過的鏡頭。

她張口，吐出的是缺乏溫度的嗓音。明明是如此優美的聲音，卻讓聞者不由自主地心生膽寒。

「榴岩翡嶼，從這邊開始，就該在這裡結束。十五年前由你們加諸在我等身上的折磨，如今將全數奉還。」

「放心好了，一定是一點也不漏地……通通還給你們這些卑劣又下等的除穢者哪。」

最後一字方落，凜冽的風雪猝不及防捲起，模糊了那抹宛若霜雪鑄成的纖細身影。

下一秒，鏡頭前結起了一層霜霧，白茫的色彩將一切屏蔽在後，讓人想窺探都無法。

影片到這裡就結束了。

毛茅退出「刷一刷」，眼裡浮上若有所思。

雖看不清外貌，但從聲音可以推測出是個少女，果然，她就是最後一名魔女了。

她只說了寥寥幾句話，但話裡透露出的訊息量卻相當巨大。

她的目的很明確，就是爲了十五年前的仇恨而來。

從榴岩翡嶼開始，在榴岩翡嶼結束——則是表示她會停留此處，等著除穢者協會的人主動找上門。

就是不知道，她會怎麼對待那些被冰封在榴華分部裡的人們。

那些人擺明著就是誘餌，為了他們的安危，協會無論如何都會赴這場註定充滿危險與惡意的邀約。

但毛茅得承認，這餌真的……讓人不得不咬。

就連他也要張口咬下了。

毛茅吐出一口氣，點出手機的訊息頁面，最新的一條訊息還是上禮拜五毛絨絨傳給他的。

然而傳訊給他的那個人，如今卻已失聯了四天。

毛茅知道那名像是雪絮堆疊成的白髮少年在哪裡，卻無法立刻與對方碰面。

只因為，毛絨絨此刻也在那座冰封之城裡。

等帶回毛絨絨，一定要好好地教導他，別隨隨便便跟陌生人亂走哪。毛茅放在膝蓋上的手指屈起，無意識地敲點幾下。

嗯，就把他倒吊在屋頂下，順便塗個蜂蜜，然後曬個三天三夜好像很不錯呢。

毛茅露出了一抹天眞的笑靨，眼中閃著無邪的光芒。只不過他內心的話語倘若讓當事人毛絨絨知道的話，恐怕那名白髮少年還寧願多被冰凍幾天吧。

毛茅對於成功帶回毛絨絨這件事，是抱持著強烈信心的。他的直覺告訴他，毛絨絨到目前爲止都很安全，毋須擔心。

運氣和直覺，一直以來都是毛茅相當自豪的武器。

唯一讓毛茅有點猶豫的，是該不該向澤蘭他們透露，毛絨絨是爲了什麼而留在榴華分部，才讓自己也被捲入魔女的報復之中。

——第五壬。

毛絨絨覺得第五壬很可疑，才想要跟蹤對方，可惜的是，無從知曉毛絨絨跟人跟到了哪裡去了。

毛茅閉了下眼，腦中思緒則是快速轉動起來。

第五壬一定是做了什麼才會讓毛絨絨感到可疑。他們和第五壬不熟，也就是說，第五壬的某個動作讓毛絨絨一眼就看得出來不同尋常。

而當時他們都在一樓大廳裡，並沒有去其他地方。換句話說，毛絨絨就是在這邊看見第五壬的。

毛茅擱在膝蓋上的手指不自覺地加快敲打速度。

大廳裡有什麼？有許多累癱在那邊、隨便找個位置便閉眼補眠的除穢者們，還有不少部門科室的辦公室。

既然他們與第五壬不太熟悉，那麼他要是跟某人說話，或是前往某間辦公室，毛絨絨也不可能因此就覺得對方可疑。

所以說……

毛茅腦中靈光一閃，霍地睜開了雙眼，金眸裡閃著恍然大悟的光芒。

他猜想，第五壬是去了一個讓毛絨絨一看就直覺有異的地方。

地下室！

地下室曾是科研室的根據地，但自從發現不可碰之書無故消失之後，科研室就先被搬移到一樓來，如今那裡是一片空曠。

看樣子，這就是最有可能的答案了。

毛茅從口袋裡摸出了一枚硬幣，將之往上一拋。他剛才還在猶豫到底要不要將毛絨絨跟蹤第五壬的事向澤蘭等人透露，那麼就由他的運氣來做決定吧。

正面是透露，反面便是相反。

隨著硬幣穩穩地落至毛茅手背上，他的嘴角也拉出一抹銳利的笑意。

正面向上。

最後一絲猶疑從毛茅心中退去，他立即就想奔去除魔社社辦，順便也想問問其他人對魔女現身影片的看法。

噢，再順便多蹺幾堂課！

毛茅喜孜孜地想好了接下來的計畫，但一時忘了計畫總是趕不上變化。

他才打算發訊息給群組，確認一下澤蘭或伊聲的行蹤，聊天軟體率先跳出了通知。

發訊人正巧就是毛茅想找的澤蘭。

澤蘭的發文風格就和他的人一樣，散發著溫柔體貼。

他告訴除魔社全體：

相信大家都看到最後一位魔女的相關影片了，等放學後記得過來社辦開個會，我說的是放學後喔。要是有誰提前出現在社辦裡的話，實驗室的工讀生職位就屬於那個人所有了。放心好了，不會要你們做太難的工作，只要奉獻你們的身體、你們的肝，跟你們的所有假日就好了。

對了，要是我在巡堂時，發現有誰沒有乖乖地待在自己的位子上，尤其是某兩位，後果一樣參照上面。

用腳趾頭想，毛茅都能猜出「某兩位」，指的就是他跟差不多將社辦當家的時衛。

毛茅不曉得其他人看見這則名為通知，實為恐嚇威脅的訊息時是做何感想。他只是再一次地篤定，以後看到澤蘭都要繞道走。

他才不想要獻上自己年輕的肉體和肝呢！

林靜靜看到毛茅又回到教室裡的時候，忍不住露出了瞠目結舌的表情。

居然才蹺這麼短短的時間？

這不科學，這還是毛茅嗎？

毛茅自是瞧見他們副班長驚疑的眼神，看他就彷彿像在看著一個外星人。

毛茅也覺得很哀怨，他也想蹺更長的時間呀。奈何澤蘭的威脅都赤裸裸擺出來了，他百分之兩百相信，校長大人絕對會把巡邏重點放在他們班跟時衛班上的。

事實證明毛茅想得一點也沒錯。

一整天下來，他都不知道看見那抹穿著白袍的藍髮身影，從他們教室外「偶然」經過了幾次了。

次數多到讓一年五班的師生們不由得戰戰兢兢，深怕自己一開個小差就被他們的校長抓個正著。

林靜靜則是一臉困惑地和毛茅說起悄悄話。

「澤老師是想要趁人不注意，把你打昏直接帶到實驗室去嗎？」

她還記得澤蘭是多麼熱切地想要研究自己這位隱性同學。

「別說那麼可怕的事啊……」毛茅搓搓起了雞皮疙瘩的手臂，「妳害我連想像都不敢想像了。」

林靜靜表示她只是有理有據地猜測。

幸好到了下午時間，五班教室外就沒看見澤蘭的蹤影了。毛茅推測對方或許是跑到三年級大樓，給那邊的學長姊製造無形的壓力了。

發現澤蘭終於沒有在他們教室外邊晃過來晃過去後，五班的學生們還有來上課的老師全都不約而同地鬆了一口氣。

好不容易又憋了一堂課，一聽見下課鐘響，毛茅迫不及待地將東西全往背包胡亂一塞，拔腿就往教室外頭跑。

這種正正經經在教室裡坐一整天的事，實在是太折磨他了。

毛茅跑得飛快，有如一枚脫出槍口的子彈，片刻間就衝到了除魔社。

一年級大樓離社團大樓最遠，因此他毫不意外看見社團裡的學長姊都先到了，就連老是神隱的黑梟與項冬、項溪也乖乖出席。

讓他最感吃驚的是，社辦裡除了他們除魔社自己人之外……

居然還坐著海冬青和時玥雪。

第二章

蜚葉除污社的人為什麼這時候會出現在這裡？

而且這個時間點就坐在裡面……毛茅睜圓了眼睛，想也不想地伸出手，指向海冬青。

「啊！小青你蹺課！」

否則依蜚葉高中到榴華高中的距離，海冬青他們放學過來，起碼也要二十分鐘以上。

「毛茅，我好像聽出你的語氣裡有濃濃的嫉妒意味？」坐在主位的澤蘭微微一笑，語氣說有多溫柔就有多溫柔。

溫柔到讓毛茅覺得下一秒，澤蘭就會請他到實驗室喝茶吃洋芋片。

吃洋芋片可以，不過進實驗室還是免了，謝謝。

「就是啊，澤老師。隔壁校的都能蹺課，為什麼我這優良好學生就不能做這種事？」雖然不是坐主位，但還是坐在他那張專屬豪華椅子的時衛，手支著下巴，嘴上懶洋洋地抱怨著，視線卻是盯著他擺在桌上的手機，另一隻手時不時戳點螢幕。

只要是對時衛有幾分了解的人就知道，他又在玩他的手機遊戲了。

海冬青還沒出聲，與他同校的時玥雪先一步開口。

「哥哥，您想必對『好』和『優良』這兩個字詞有很大的誤解呢。與其玩您的遊戲，不如先上網查一下它們的正確意義如何呢？」時玥雪衝著她的兄長笑得溫柔，只是吐出的字句宛如挾帶冰屑，毫不留情地撲打在時衛身上。

「喔，它們的正確意義肯定就是我說的那樣。」時衛的頭抬也沒抬，自家妹妹的冷嘲熱諷對他來說不痛不癢。

況且，這不過是他們兄妹間相處的一種常態而已。

時玥雪也只是習慣性地小小刺了兄長一下，她再一轉頭，目光望向門口的毛茅，語氣裡的冰風暴立刻消散得無影無蹤。

「別聽信哥哥的說法，我和社長是請假過來的。身爲一名學生，擅自蹺課一點也不可取。沒想到哥哥都高三了，連這種基本道理都不懂，毛茅您肯定和哥哥不一樣。」

熱愛蹺課的毛茅決定微笑不說話。

同樣熱愛蹺掉社團活動的二年級組，裝作什麼也沒聽見。

三年級組的木花梨露出慈愛的笑容，並且在時衛發出嗤笑時，不客氣地打了他手背一下。

白烏亞還是一貫的面無表情，他覺得自己的直屬學弟很完美，完全沒有問題。

毛茅眼珠子滴溜一轉，發現會議室裡除了高甜外，還少了伊聲。

自己是全速衝刺跑過來的，高甜比自己晚到倒是很正常。

「伊老師呢？」毛茅問道。

「在你後面的後面。」有道聲音說。

那聲音毛茅很熟悉。他認識的人之中，唯有伊聲的嗓音如此低沉，像長期抽菸，被煙氣浸染出來似的。

事實上，伊聲不抽菸，她熱愛吃棒棒糖。

毛茅下意識將頭往後一仰，以爲會瞧見將黑白髮絲紮得亂七八糟的女人，沒想到映入眼中的卻是另一張雪白昳麗的面容。

毛茅這下是眞的被嚇了一跳。

「高甜？」毛茅腳下一個不穩，頓時整個人往後栽。

高甜輕而易舉地接住了那比自己還矮近二十公分的身子。

「站穩一點，萬一我沒在你後面的話，眞摔下去怎麼辦？」高甜稍一施力，讓毛茅站直，「小豆苗肯定得變迷你小豆苗了。」

「不，我肯定能及時接住毛茅的。」時玥雪無預警接話，「毛茅您不須擔心會摔矮喔。」

高甜墨色的眼瞳直望向噙著盈盈笑意的時玥雪。

會議室裡出現了似乎暗潮洶湧的短暫寂靜。

就連時衛都暫時停下遊戲，抬起了眼，若有所思地看向自己的妹妹，再看向高甜，最後落至毛茅身上。

修羅場？項冬和項溪飛快地交換視線。

黑梟垂著眼，捧著她的水晶球，一邊利用球面的反射偷看木花梨，一邊有如自言自語地細聲說：

「愚蠢……是後宮。」

白金髮色的美少女仍是微笑。

黑長髮的美少女依然神情如覆寒霜。

只對實驗、實驗，還有實驗充滿興趣的澤蘭，在這一刻似乎也察覺到了氣氛的不尋常，正要出聲打破這突來的靜默之際，高甜冷冽的聲音驀地響起。

「妳說的沒錯。」高甜點點頭，語氣竟是贊同，「妳的身手也很好，如果我不在小豆苗身邊，就由妳負責了。」

「是呢。要是我不在，就得麻煩妳了。」時玥雪落落大方地說，「當然，要是我們倆都在，毛茅的安全就是我們一起負責了。」

頓了一頓，時玥雪眼含眞摯笑意地看著毛茅。

「無論如何，都不會讓毛茅您有變矮的可能的，還請您儘管放心好了，我對自己和高甜的身手都非常、非常有自信。」

毛茅不想說話，他想靜靜——噢，當然不是指他班上的林靜靜同學。

他相信自己不留意的時候的確可能會跌倒，可是爲什麼高甜和時玥雪都認定，他一旦摔倒還會把身高也摔沒了呢？

這是詛咒吧？這絕對是詛咒吧？

這邊毛茅陷入哀怨。

另一邊，項冬、項溪眼中湧上驚色，差點就要拍桌站起身。

原來不是修羅場，而是想搶他們工作的嗎？

明明小朋友的人身安全是由很機車的凌霄先生委託給他們的，這種錢多事少離家近的工作，誰也別想從他們兄弟手上搶走。

「琅哥一定會很高興那麼多人想保護毛茅。」面對這走向古怪的談話，海冬青淡然地下了評論，「我晚點就去跟琅哥說這個好消息。毛茅，放學後我跟你回去。」

「小青，你自己到我家去吧，我可能還會在外面逛一下……」毛茅有氣無力地揮揮手，「順便幫我餵一下大毛……啊，不准讓他吃太多。」

海冬青只對前半段頷首，後半段則是當耳邊風。在他的信念裡，自然是要讓黑琅吃到滿意才可以。

忽然間，高甜神情微動，冷不防地伸手環住毛茅的腰，一個箭步踏入了會議室內。

伊聲放下抬起的腳，撫平身上紅袍的縐褶，「你們堵在門口也堵太久了，這會讓我認爲你們是巴不得被我親自踹進去。」

「那種嗜好只有胡水綠才會有，伊聲妳想太多了。怎麼這麼晚才到？」澤蘭問。

「晚到個頭。」伊聲不客氣地大翻白眼，「我在高甜後面站很久了。人都到齊了吧？到齊了就趕緊談正事吧。」

「哇，感覺伊老師像吃了炸藥……」毛茅坐到白鳥亞旁邊，與自己的直屬學長耳語著。

「快到晚餐時間了，這時候伊老師的脾氣總是比較不好。」白鳥亞也小聲說話。

毛茅想起伊聲的臉盲毛病。別人臉盲症是記不住臉，偏偏伊聲的臉盲症是把大部分人都看成包子、饅頭，或各式點心。

他頓時深感戚戚焉地點了下頭。都肚子餓了還得被迫看著一整屋子不能吃的食物，怪不得伊聲的口氣比起平常還要來得暴躁。

「項家的隨便哪一個。」時衛手指朝項冬、項溪方向一比，「去把投影布幕弄好。」

「是叫你。」項冬推了項溪一把。

「胡扯，是叫你。」項溪反推回去。

「算了。」時衛改變主意，「你們兄弟倆一起去弄。現在，馬上，這是社長命令。」

項冬、項溪不約而同地發出咂舌聲，心不甘、情不願地離開了座位。

伊聲懶得坐到長桌前，她隨便拉了張椅子，就在角落坐下，看著澤蘭使用筆電，準備和另一端進行聯繫。

「小青，所以你們來這裡是？」毛茅不解地看向蜚葉除污社的兩位成員，「是兩社要一起開會嗎？可是怎麼只有你們兩個人？」

如果是聯合社團會議，照理說蜚葉除污社的其他幹部也該過來才對。

「我來說明吧。」澤蘭聯絡上了另一方，就等著項冬兩人架好布幕，「榴華分部的狀況你們應該都知道了。今天協會在『刷一刷』上面發布的影片，你們也看到了吧？」

所有人都點了點頭。

「魔女大可以破壞全部的監視器，但她就是留下一支未動。她要讓除穢者知道，是誰做了這些事。」澤蘭淡淡地說，「那部影片，就是她留下來給我們看的。而裡面的內容就是她要傳遞給我們……給協會的訊息。」

「很不幸的，榴華分部只有極少數的人逃過這一劫。」澤蘭語氣轉為嚴肅。那一晚要不是他們剛好前往醫院處理梁青黛的事，恐怕也會被冰凍在分部裡，「協會那邊正在設法調派其他除穢者過來。」

「但那也不是立刻就能辦到的事。」伊聲說，「之前為了魔女只出現在榴岩市的事，不少除穢者已過來幫忙，然後他們就一併被冰在榴華分部裡了。嚴格來說，短時間內我們會面臨人手不足的問題……」

毛茅眼睛瞬亮，馬上筆直地舉起手，強烈表示出他很願意充當那個人手。

「放下，不是指你。」澤蘭殘酷地拒絕了，「實習生小朋友不能上場，必須是除穢者才行。換句話說，這裡可以出場的只有白烏亞、時衛、高甜、時玥雪，以及海冬青，再加上我和你們伊老師。」

毛茅面露失望，但轉瞬間又擺出乖巧聽話的姿態，似乎將澤蘭的話聽進去了。

伊聲瞥了毛茅一眼，暗地裡對白烏亞比了個手勢，要他好好盯緊他的直屬。

她早就從凌霄那邊聽說過毛茅的個性。

——積極認錯，死不改過，陽奉陰違這套玩得特別好。

估計一轉頭，就會偷溜去榴華分部找魔女了。

「既然如此，那爲什麼蜚葉只有小青和時玥雪過來這？」毛茅還是抱持著疑惑。他知道社團幹部和一般社員不同，他們不是實習生，而是已經考取資格的除穢者，但蜚葉除污社的幹部肯定不只兩個人而已。

「很簡單，人越多，開會就越沒效率，所以就只找了與魔女有過親密接觸的你們幾個來這了。」伊聲漫不經心地說，「除魔社這裡之後會充當臨時的作戰基地。」

「誰和那種醜得難以入眼的存在有過親密接觸啊？」時衛難掩嫌惡，無法接受伊聲的說法。

「被攻擊，差點被吃，這樣算親密接觸吧。」伊聲聳了聳肩膀。

「社長，魔女們沒怪物化之前都還滿漂亮的啊。」就是胸小了點。毛茅明智地把最後一句話吞回去。

「她們的臉長得沒比我好。」時衛不以爲然地說，「沒我好看的都叫醜。」

就某方面而言，毛茅眞的很佩服他們社長爲自己拉仇恨的功力。

要是時衛第二，絕對沒人敢稱第一的。

「社長。」木花梨柔聲地說，「你等一下要小心不要在路上被人套麻布袋喔。好了，我們不要理心智年齡只有三歲的人。澤老師、伊老師，還有什麼要交代給我們的嗎？」

「我們讓另一個人來說吧。」澤蘭點按了下筆電按鍵。

一抹人影驟然出現在大螢幕上，乍看下令人幾乎誤以爲是小一號且性轉的澤蘭。

——那是榴華分部的部長，胡水綠。

藍髮碧眼，穿著一套暗紅蘿莉塔風格洋裝，外表如同貌美少女的男子，在瞧見除魔社會議室內的狀況後，第一反應是緊緊擰起了眉頭。

「把鏡頭移一下好嗎？」胡水綠嫌惡地說，「我才不想看澤蘭你那張臉，快點對準我家親愛的，不然你會害我缺乏說話的動力。」

澤蘭從善如流地轉動了筆電的方向——

不過是對準黑梟擱在桌上的手縫冥王星寶寶吊飾。

登時就聽見胡水綠爆出了一聲髒話。

「胡水綠，給我聽話一點。」伊聲不耐煩地警告，「都幾歲了，還需要我教你『正事』兩個字怎麼寫嗎？」

「親愛的，妳可以床上教我。」胡水綠一聽見伊聲的聲音，語氣馬上轉為甜蜜黏稠，緊接著又恢復了公事公辦的冷靜，「澤蘭，你這個活該單身一輩子的，快把鏡頭移回正常方向，我要說正事了。」

澤蘭將筆電轉正，讓另一端的胡水綠可以看清楚會議室內的與會成員。

胡水綠也後退了幾步，讓他身後的景象能更清晰地被納入螢幕裡。

毛茅睜大了眼，胡水綠此時所在之處，分明就是榴華分部外。

巨大的建築物被寒冰凍封，點點雪絮還不斷自陰沉沉的天空飄落。假如不是知道那是何處，恐怕會讓人誤以為胡水綠正身在北國。

除了胡水綠外，還能看見更遠一點的地方有多道人影，尖銳的聲響時不時傳來。

「除穢者們在想辦法破開冰層。」胡水綠說，「很可惜，效果不太好。」

「魔女有再出現嗎？」澤蘭問道。

「沒有。但她肯定還待在這裡，否則不會有其他污穢陸續往這湊過來。」胡水綠陰沉著臉色，「這時候就很煩污穢那種會自願爲強者奉獻血肉的狗屁天性。這幾天起碼來了五隻污穢，像是恨不得趕緊給魔女當補品一樣。人手都已經不夠了……我打算聯絡一下退役的傢伙了，叫他們先過來幫忙擋一擋。」

「協會那邊有說人力還要再幾天才能調派過來嗎？」澤蘭微皺眉宇。

「最快也要再兩天……不，恐怕還要三天以上。」胡水綠煩躁地撥了撥自己的一頭藍髮，眼下還有淡淡的青色。突然降臨在榴華分部的危機，讓他這陣子難以休息，「就算魔女顯然只愛我們榴華分部，但污穢可不會限定只在哪邊出現，每個地區還是得要確保有足夠的除穢者留守，免得出了問題無法應付。」

而在這種情況下，可以調動的戰力越發顯得捉襟見肘。

縱使除魔社眾人尙是學生，胡水綠也沒有特意隱瞞目前的狀況。畢竟說起誰與魔女有最多接觸，還眞沒有誰比得上除魔社。

胡水綠都懷疑起除魔社這一票小朋友們，是不是有什麼吸引魔女靠近的奇異特質了。

要不然從小紅帽開始，到前陣子被消滅的千種皮，怎麼都被除魔社的人碰個正著？

「目前能夠確定的是，我底下的管理階層，就剩第五還行蹤不明。他不像其他幹部是從第一線退下來的退役除穢者，所以只有他沒有手環，無法判定他現在的位置。」胡水綠不自覺地以拇指抵著嘴唇，「手機也打不通……沒出來的機率太高了。」

倏然聽見第五壬的名字，毛茅眼神閃動了下。但他還是沒立刻將自己得知的部分說出口，現在的場合不太合適。

胡水綠那端經常有人從後頭經過，他不確定毛絨絨的發現該不該讓更多人知道。

「胡水綠，你那裡還行嗎？」伊聲將剩餘的棒棒糖咬碎，關心起自己的男朋友。

「親愛的，只要是對妳，我怎麼可能不行呢？」胡水綠的眸底放出驚人光芒，一掃先前的疲憊之色，「別擔心我這邊，妳好好待在榴華高中就行。」

「喔，反正我也沒打算過去。」伊聲冷酷地說，「我只是想說不行的話，就叫澤蘭過去，我猜他對最後一位魔女很感興趣。」

「我確實很感興趣，但我更希望能在安全的前提下進行各種研究。而且看著胡水綠的臉，會讓我失去研究的動力。」澤蘭彎起嘴角。

「呵呵，彼此彼此，看你那張臉我也倒胃口。」胡水綠皮笑肉不笑地回嘴。

「有人去提醒他們一下，他們兩個的臉長得差不多嗎？」時衛想翻白眼了，他屈指敲敲桌面，「澤老師，你和胡老師有什麼愛恨情仇請私下去解決。如果正事講完了，就放我們走可以嗎？」

「時衛，你那張嘴巴不想要了嗎？啊，我跟你們澤老師能牽扯得上的只有恨跟仇，再讓我聽見你說出另外兩個字……」胡水綠露出甜美卻陰森的笑容，一把手術刀平空浮現在他張開的掌心上，「我不介意在你所有手機上都劃上幾刀。」

「我很樂意幫胡老師把哥哥所有手機都找出來呢，啊，還有平板。」時玥雪十指交抵，笑靨如花。

被抓住弱點的時衛拒絕跟他們說話。

「胡老師，我有問題想問。」毛茅抓住機會高高舉起手，「榴華分部被凍起來了，一般民眾看到不會覺得很奇怪嗎？」

「你想問這裡怎麼還沒上新聞是吧？」胡水綠一彈指，讓手術刀消隱，「我們向隔壁市的分部先借了他們科研室的人手和儀器，利用迷彩光學製造假象。從更遠一點的地方來看，榴華分部的外觀沒有絲毫變化，除非進到範圍內，才會看見眞實景象。有興趣你們可以過來觀摩一下，我會事先吩咐外邊的巡邏人員，不過不准久留。」

「如果超過半小時就將他們趕走。」伊聲提出更嚴格的條件。

不管怎麼說，那位帶來無盡霜雪的魔女不知何時會再現身，榴華分部並不適合學生久待。

「明白了，親愛的。」胡水綠只要面對伊聲，就會不自覺地轉爲甜蜜的口吻。他看起來還想再跟伊聲多說幾句話，可眼角餘光卻瞥見有人走近。

他的下屬一副有話想要稟報的模樣。

胡水綠遺憾地說，「親愛的，我們晚點再繼續愛的視訊吧，我先來處理事情了。」

胡水綠關閉了通訊，除魔社會議室裡的投影布幕頓時轉成一片漆黑。

「總算可以不用再看胡老師了……」時衛說，「先聲明，伊老師，我對妳男朋友沒有任何意見。」

最先長吁一口氣的人是時衛。

「我懂，你只是對那張臉很有意見。」伊聲不以為意。

毛茅覺得自己可以理解時衛的想法。平時看到澤蘭就想讓人退避三舍了，再加上一個和澤蘭極為相像的胡水綠，感覺壓力變成兩倍，想逃的欲望也變成了兩倍呢。

「海冬青、時玥雪。」伊聲忽地點名了蜚蘗的兩名學生，「你們胡老師最近都沒空回學校了，你們自己多注意一點。幹部記得幫忙留意是否有污穢成形，別讓它們有機會去榴華分部。還有，務必結伴行動，別在巡視時落單。」

「我明白，我會盯好他們。」海冬青自是理解這件事的重要性。

「澤蘭，你還有什麼事要交代的嗎？」伊聲把話題再扔回去給主位的藍髮男子。

「再等等。」澤蘭盯著自己的筆電，指尖在桌面點了幾下，「協會有消息傳過來。」

乍聞此言，會議室裡的眾人反射性都望向了澤蘭。

其中尤以毛茅的目光最熱烈。

坐在他對面的項冬、項溪對視一眼，都覺得在那名男孩的頭頂上看見大大的「**是跟魔女有關嗎？**」、「**可以打魔女了嗎？**」等等加粗加大的字體。

簡直像恨不得馬上衝出去玩的小孩子一樣。

項冬、項溪朝彼此搖搖頭。看樣子他們有空時得要更加盯好毛茅了，萬一對方真的受到丁點傷害，他們就得承受來自雇主先生的懲罰。

「澤老師，協會那邊說了什麼嗎？」木花梨好奇地問道。

「說了好像很重要，又好像不太重要的事……」澤蘭目光從筆電挪開，看見一票學生盯著自己不放，特別是毛茅看自己像在看洋芋片一樣，他忍不住驚喜地笑了，「大家都看著我，是不是都很想來報名當我實驗室的工讀生？雖然我之前只想找一個，但多找幾個也是……」

還沒等他把最後的「很樂意」說完，本來看向他的視線全部齊刷刷地移走了。

不管是看天看地看手機，就是沒人想再多看澤蘭，免得待會會議結束，就被強行綁架到隔壁的實驗室去。

澤蘭摸摸自己的臉，「……我有長得那麼嚇人嗎？」

「不嚇人，但鐵定比我醜的。」時衛捧著他重要的手機說。

「澤老師，你不醜，但你嚇到毛茅了。」爲了小直屬，白烏亞轉回頭，冰藍色的眼睛裡寫著滿滿的不贊同。

比起時衛的嘲諷，澤蘭覺得白烏亞的指責更讓他一口氣險些被噎到。

「沒想到就連最尊師重道的烏鴉都變了……」澤蘭惆悵地搖搖頭，感慨著世風日下，「剛剛協會傳來的消息是，他們決定好最後一個魔女的稱呼了。」

學生們的視線又紛紛地轉回來。

「不是吧？」項冬挑高眉毛，「這個到現在才決定好嗎？」

「明明很好定案的，不是嗎？」項溪完全同意雙胞胎兄弟的看法。

「好蠢。」黑梟拉長細細的聲音，「他們難道沒有想像力，或是一絲聯想力嗎？」

木花梨的說法比較委婉，「協會的人是不是很少接觸童話故事？」

澤蘭有絲哭笑不得。這些孩子們都在鄙夷協會的慢一拍，居然到現在才找出適當的代號來稱呼那個讓榴華分部陷入巨大危機的魔女。

「以形補形，協會的人可以去吃點適合的東西補補了。」高甜的話語聽起來是眾人裡最平淡的，可殺傷力其實最強大。

這不就是在暗示——協會該吃點腦，來補補智商了嗎？

「我也同意他們說的。」伊聲拆開第二支的棒棒糖，「在協會決定魔女代號之前，我們這邊的小朋友恐怕都已經知道該怎麼稱呼她了吧？」

「因爲很明顯啊。」毛茅笑嘻嘻地說，「能操控冰，帶來霜雪，影片裡的她看起來又像是由冰凝成的……這些特徵很容易讓人聯想到一個童話的。」

澤蘭看著紫髮男孩目光灼亮地說了四個字，就和協會定案的代號一毫不差。

——冰雪女王。

第三章

冰雪女王?那是怎樣的童話故事呀?

剎那間，毛茅覺得自己耳邊彷彿響起了毛絨絨充滿單純好奇的疑問。

如果那隻雪球鳥這時候在他身邊，一定會啾啾啾地急切追問吧。

「毛茅/小豆苗，怎麼了嗎?」

白鳥亞和高甜可說是同時出聲，聲音像是疊合在一起。

毛茅沒想到自己瞬間的失神會被看個正著，他暫時揮甩去身旁沒有毛絨絨的不習慣，咧開一抹笑容。

「沒事，只是突然想到……我也有件事要跟澤老師和伊老師報告。」

「報告什麼?」原本準備先行離開的伊聲停下了腳步。

「事實上……」毛茅慢慢地說，一字字清晰無比地迴盪在會議室內，「毛絨絨也在榴華分部裡。」

這話一出，當即如同一記不小的落雷，砸在了每個人的心頭上。

「毛絨絨……也在裡面?」木花梨倒抽一口氣，明媚的臉龐白了幾分，掩不住憂心忡忡。

「什麼時候的事？」澤蘭想也不想地問，緊接著蹙起了眉，意識到自己問了個傻問題。

還能是什麼時候，想必就是上個禮拜五，毛茅他們將千種皮的布娃娃送到了榴華分部，也就是在他們離開分部不久後，那棟從外觀看宛若廢墟的建築物就猛地被冰封起來。

他只是沒料想到，那隻雪球鳥當時竟沒有跟著毛茅他們一塊離去？

毛絨絨爲什麼留了下來？

這個疑問瞬間浮上大夥心頭。他們都知道那名能化身爲鳥，彷如由棉花和白雪堆砌成的白髮少年一向最黏毛茅，究竟是什麼原因讓他留在分部不走？

「他發現了什麼，是嗎？」時衛瞇細桃紅色的眼，敏銳地抓住了重點。

毛茅將自己的手機擺上了長桌，讓眾人可以看清當日毛絨絨留給他的訊息。

我去跟蹤第五壬了。

「跟蹤？他爲什麼要跟蹤第五？」澤蘭像在自言自語，「他覺得第五哪裡讓他感到……」

「可疑嗎？」伊聲替澤蘭將後面的兩字說了出來。

毛茅不確定是不是自己的錯覺，兩位社團老師看見毛絨絨的訊息後，神色似乎籠上了一層冷厲。

「毛茅，你怎麼看？」白鳥亞知道毛茅是在場最了解毛絨絨的人，他認爲毛茅應該有了某個想法，才會選在他們全員都在的情況下，將這件事提了出來。

「我的直覺告訴我，毛絨絨目前仍平安無事。」毛茅沒有站起來說話，而是維持坐姿。雖然他現在被一票高個子包圍住，但在他心裡，自己也是個起碼有一百八十公分的男子漢，氣勢絕對不會輸給其他人的。

「男人的直覺大部分都挺有用的。」時衛對毛茅的說法深有同感。

「那哥哥您肯定就是那少部分沒用的。」時玥雪溫柔地拆著兄長的台，「您每次說靠直覺抽SSR角色，抽到的都是R卡呢。老是抱怨十連抽出垃圾的不知道是哪一位哪？」

時衛絲毫沒有顯露被打擊的神情，還是一派優雅，在回擊上也是不遑多讓，「聽起來妳對手遊這塊領域是越來越了解了，小雪。妳對哪一款遊戲感興趣就跟我說吧，我可以將它的優缺點從頭到尾分析給妳聽，一起來跟我當課長如何？」

「謝謝，還是請哥哥您閉嘴吧。」時玥雪就算不再那麼排斥手機遊戲，依然對它毫無興趣，「毛茅，您別管哥哥的插嘴，請您繼續說下去吧。」

「毛絨絨覺得第五壬的行動有可疑之處，才會想要跟蹤他。」毛茅將自己推論出來的結果如實告知，對現場的人沒有任何隱瞞，「我認爲第五壬是想要去地下室，才會讓毛絨絨覺得不對勁……不，恐怕不是想要，而是他確實下去了，所以毛絨絨也下去了。然後，毛絨絨就沒有再出來。」

「你確定毛絨絨眞的被困在榴華分部裡？」澤蘭問，「他沒有逃脫出來的可能嗎？」

「假使他逃出來了，一定會回來我這。」毛茅對這點有極大的自信，「但是他沒有。」

「也許他中途昏倒？」

「大毛有去找過了，他還派他的貓小弟去四處收集消息，可惜還是一無所獲。」

「那你呢？你就沒有到榴華分部找過？你乖乖地等了三天才開始有動作嗎？」

「我當然有……」前幾個字剛滑出毛茅舌尖，他就迅速地閉上嘴，擺出最無辜的眼神瞅著套話的伊聲。

伊聲毫不意外地哼了哼，「就知道你會偷溜到榴華分部去，有成功摸進去嗎？」

「沒有呢。」毛茅反省地說道：「冰太厚了，一時間找不到進去的辦法，加上旁邊又有其他人巡邏。」

「毛茅，下次不可以一個人偷偷做這種事。」白烏亞沒有指責毛茅先前的行爲，而是要對方給出之後的保證。

在白烏亞看來，既然做都做了，那麼接下來就是要好好顧著他的小學弟。

「我發誓，我沒有一個人的。」毛茅舉起手指，還有他家大毛陪著呢，「我一向都很乖啊，不信你們可以問小青。」

「琅哥說毛茅一直以來都很乖。」在海冬青心裡，黑琅說什麼都是正確的。就算黑琅忽然說毛茅是女孩子，他也會相信對方的話。

「胖貓迷弟的話哪能信？那隻貓放了個屁，他估計還覺得是香的。」時衛對海冬青的盲從嗤之以鼻。

「琅哥不胖，是穠纖合度。」海冬青冷著臉，不允許有人毀謗他的偶像，「而且他的屁本來就是香的。」

這美化濾鏡開太強了，連毛茅都沒辦法昧著良心如此稱讚自己家的貓。

毛茅想，如果這時候毛絨絨也在，一定會用小翅膀捧著臉，驚恐地嚷：陛下的迷弟太可怕了啊，原來不只愛情使人盲目，偶像也能讓人盲目！

毛茅不得不承認，旁邊少了一隻嘰嘰喳喳的雪球鳥，這幾日還眞是有點不習慣呢。

「澤老師、伊老師。」毛茅挺直了背，認眞地說，「我想要提一個要求。胡老師他們那邊準備要進入榴華分部的時候，我想跟著進去，無論如何都請讓我一起進去。」

他要找到那隻遲遲未返家的圓滾白鳥，然後把他帶回家裡。

怎麼能讓毛絨絨以爲可以就此逃避他積欠的債務呢？住他們家，吃喝也在他們家，花的錢通通都得讓他用勞力來償還。

況且他身上還揹著一個重責大任，那就是——毛家的儲備糧食！

鳥再小也是肉嘛。

項冬和項溪竊竊私語，「不曉得小朋友現在在想什麼，但那個表情，我忽然想同情他想的那個對象了。」

「如果我們說不，你就會不進去嗎？」伊聲反問。

毛茅露出不符合他稚嫩年紀的狡獪笑容，「哎，老師們覺得呢？」

所有人都讀得出來毛茅的潛含義——當然還是進去囉。

「我們只有一個要求，要做什麼事別瞞著我們就行。」澤蘭發話了，同時也表示他們不會特意阻止學生們，「胡水綠那邊不會拖太久的，我猜最遲三天，他們就會設法破冰強行攻入。而在這之前……」

澤蘭唇邊驀地斂去了一貫的溫柔和煦，罕見地透出強硬。

「毛絨絨跟蹤第五、和第五一起失蹤的事，除了胡水綠，別再讓現場以外的人知道。十五年前，污穢因實驗而發生暴動，那時候那場實驗的主要負責人，就是第五的叔叔……」

「第五景。」

「我、伊聲、凌霄，還有第五，我們是同一期的實習生。只有第五是一心想從事研究工作的，原本他的目標是放在科研室，但因爲十五年前的那場暴動，才讓他改變了想走的方向，直接轉調到圖書館去。」

「冰雪女王是針對十五年前的舊事而來，第五和第五景又是叔姪關係。如果再被其他人知曉第五無故前往地下室，只怕他們會對第五抱有懷疑，認定冰雪女王能夠神不知鬼不覺地置榴華分部於險境，是有第五的私下幫助。」

「澤老師，你很相信第五先生？」時衛瞇起了眼。

「我們都相信。」說話的是伊聲，她神色冷淡，可鏡片後的眼眸堅定深邃，如磐石不動，「我們相信第五的爲人。」

「第五先生的叔叔，他現在……」木花梨遲疑地問道。

澤蘭從筆電裡找出了照片，投映在尚未收起的大布幕上。

眾人清楚看見照片裡一高一矮兩道人影，高的那人年紀較長，矮的則是才十幾歲的模樣，他們的髮色和瞳色相同，皆有淺淡的藍色髮絲與深藍眼睛。

年長的那人和現在的第五壬有幾分相像。

不過眾人更能看出來，年紀小的那名少年才是第五壬。

「高的那個就是第五的叔叔。在那場災難前，他原本是相當受下屬和徒弟愛戴的學者，科研室的頂尖人物。誰也沒想到，他後來會被發狂的污穢吃得丁點也不剩。」澤蘭雲淡風輕地說，「連替他收屍都做不到。」

毛茅敏銳地聽出澤蘭隱藏在語氣中的冷酷，就好像他對第五景這個人厭惡透頂。

毛茅若有所悟。他覺得，第五景當初的實驗恐怕不是單純研究污穢這麼簡單，但同時他也感覺得出來，澤蘭和伊聲不會在今天就告訴他們眞相。

他們不想談論太多第五景的事。

到底第五景當年還做過什麼？

「毛茅，你還有什麼問題想問的嗎？」澤蘭見毛茅露出一臉深思的表情，好幾次還欲言又止地張了嘴再閉上。

毛茅回過神，他眨巴著眼睛，彷彿受到了澤蘭的鼓勵，將心裡話問了出來。眼神和語氣相當真誠。

「澤老師、伊老師，所以你們今年……到底是幾歲了？」

如果不是白烏亞和高甜，毛茅估計就要被澤蘭強行綁架至實驗室，關個好幾天了。

澤蘭掛著溫暖如朝陽的微笑，用行動表明，不只女人的年齡是祕密，男人的年齡同樣也是祕密，不能輕易追問。

毛茅沒想到澤蘭看起來弱不禁風，力氣居然這麼大，還把他整個人都扛起來了。

詐欺，說好的榴華雙虛之一呢？

看起來根本不虛了好嗎！

毛茅在內心嘀咕著澤蘭的大力氣，將家裡鑰匙拋給了海冬青，「小青，記得幫我盯好大毛啊。其他你自便就可以了，我晚點再回去。」

海冬青長臂一伸，俐落接住鑰匙，「須要幫忙煮晚飯嗎？」

「唔，還是先別煮我的份好了。」毛茅也不確定自己會幾點到家，他打算先到榴華分部那邊看看。

和前幾次的偷偷摸摸不同，這一次有胡水綠的應允，他可以正大光明地大肆打量了。

海冬青點點頭，也沒特別叮囑毛茅要注意安全。

站在毛茅身後的白烏亞和高甜，就是毛茅最強力的貼身保鏢了。

一行人在榴華高中校門口分開。

「烏鴉學長，我們先去買個東西，再去榴華分部怎樣？」毛茅笑咪咪地提出建議，但那雙靈活的金黃大眼睛早已洩露出他的心思。

白烏亞和高甜看得清清楚楚，那雙眼睛裡面寫的都是洋芋片、洋芋片、洋芋片。

「不能把洋芋片當成晚餐。」白烏亞先給了但書。

依照自個兒小直屬的性子，非常有可能這樣做，太不健康了。

相較於白烏亞的委婉，高甜的態度更強硬一點，「只能吃一包。那種高鹽分的垃圾食物吃多了，會影響你的健康，更不用奢望能長高了。」

「哪是垃圾食物？而且高甜妳也會吃啊。」毛茅爲自己心愛的零食爭辯。

高甜甩出強而有力的證據反擊，「但我長得高，很明顯還會再高下去。」

「不，好歹把那些身高分給我呀……」毛茅哀怨地說。

「多吃蔬菜水果就會營養均衡，就有機會長高，所以你只能買一包。」高甜沒有鬆口，

「烏鴉學長也這麼覺得吧？」

「嗯，學妹說的很有道理。」白烏亞毫不猶豫地與高甜站在同一方。

「就算我請學長和高甜喝咖啡，也不能通融一下嗎？」毛茅雙手合十，像小動物般的冀求眼神差一點要讓白烏亞的決心動搖。

在白烏亞差點就要鬆口之際，另一道勃然大怒的嗓音橫插進來。

「朕就知道你又在外面招蜂引蝶了，毛茅！喝什麼咖啡？要請當然也只能請朕而已！朕才是你的第一名不是嗎？啊？」

白烏亞和高甜循聲望去。

人行道旁的花壇上，不知何時蹲踞著一隻大胖黑貓。他擺出凶狠的表情，露出尖尖的白牙，與毛茅相似的金黃眼睛如今閃動著氣急敗壞。

黑琅快氣死了，要不是他有先見之明，先跑來學校外面等毛茅下課，他家的鏟屎官是不是就要背著他請人去喝咖啡了？

別以為他不知道，喝咖啡，就等於約會，就等於毛茅背著他……

爬牆！

堂堂貓陛下絕對不能容許這種事情發生，他要爲了捍衛鏟屎官的獨寵而戰鬥！

「大毛，你怎麼跑過來了？」毛茅任憑黑琅三兩步躍上肩頭，成爲他的貓圍巾，他擼了一把那黑得發亮的皮毛，「小青去我們家了耶。」

「那就讓小青獨守空閨一下吧。」黑琅毫不在意地甩動尾巴，犀利的目光盯住了白烏亞和高甜，「毛茅快說，朕是不是你的第一名？」

「錯了喔，洋芋片才是我心目中的第一名。」毛茅愉快地潑著黑琅冷水。

「那總是第二名了吧？」黑琅不死心。

「嗯，第二名是我收在櫃子裡的書呢。」

第二盆冷水又潑了下來。

黑琅只能磨牙。或許白烏亞和高甜不知道毛茅口中的書是指什麼，但黑琅又豈可能不清楚，那些可恨至極、帶壞他家鏟屎官的……小、黃、書！

色情雜誌怎麼沒在這個世界上絕種啊！

黑琅沉浸在滿腔怒火中，等到回過神來時，赫然發現他們根本不是去咖啡廳，也不像是要去便利商店買咖啡。

「我們這是要去哪？」黑琅狐疑地東張西望，四周環境看起來有幾分熟悉感，似乎他們曾來過這邊。

「榴華分部喔。」毛茅解答。

「要去搶救那隻被冰在裡面的蠢鳥了嗎？」黑琅眼睛瞬亮，戰意生起，像是迫不及待要展現他的威武霸氣，「救之前先讓朕替他拍個十幾張照，朕可以留著之後愉快地嘲笑他。」

「這主意好像不錯。」毛茅一彈指，和黑琅在三言兩語間就把毛絨絨未來的命運決定好了，「不過我們這回只是去探探情況。」

「毛茅，前面有東西擋著路。」黑琅躍躍欲試地說，「讓朕去把那些看起來沒鳥用的路障抓個稀巴爛怎樣？」

「不行。」毛茅給予了否定答案，「你要是破壞它們的話，胡老師估計晚點就要找我們去談人生了。」

「那是阻擋一般民眾用的。」白烏亞說，「再過去一點會有除穢者站崗，我已經先通知胡老師了，我們可以直接進去。」

「大毛，記得當隻乖巧的胖貓啊。」毛茅撓著黑琅的下巴。

黑琅舒服地瞇起眼，不忘反駁，「把『胖』字拿掉，朕明明瘦得跟條閃電一樣。」

毛茅一行人繞過了路障，繼續向內深入。黑琅這時也從毛茅肩上跳了下來，昂首闊步地往前走，假裝自己是隻很帥很帥的普通貓。

過了一會，就望見幾名身著藏青色制服的男女。

毛茅認得那身服裝，他的養父和森柒也有一套，那等於是除穢者的身分證明。

胡水綠果然事先交代過了，他們看見毛茅等人身上的榴華校服，即刻反應過來，知道一行人便是分部長口中提到的人。

他們挪開了拒馬，開出一條可以讓毛茅等人前行的通道。

黑琅一馬當先，驕傲地走在最前方。

除穢者們可以說什麼怪物都見過了，但看到一隻胖得令人懷疑是豬還是貓的生物，不免仍有些驚愕。

這貓怎麼養的？胖成這樣……他其實是一天八餐養胖的吧？

如果毛茅能聽見他們的內心話，一定會義正辭嚴地否認：大毛想要一天吃八餐，作夢比較快。

黑琅倏地停下腳步，「等等，為什麼榴華分部是這模樣？」

不能怪黑琅一臉錯愕，呈現在他眼前的建築物，看起來就與之前所見相同。暗綠的葉藤，珊瑚紅的九重葛花苞，密密麻麻的攀牆植物覆蓋了大半水泥大樓，破舊與綠植瘋長的程度，讓人下意識以為這應該是座無人的廢墟。

但黑琅記得一清二楚，他之前在毛茅手機上看到的照片，榴華分部分明是被凍在冰天雪地之中的。

「冰都融光了，那那隻智障鳥呢？該不會凍傻了，連怎麼飛出來都忘記了？」黑琅壓低音量，疑問如連珠炮吐出。

「智商是個好東西，我希望連貓都要有。」高甜平板無波地說，眉眼淡漠如雪。

黑琅惱火得炸毛，準備亮出他最自傲的爪子，「聽妳放屁！朕不只智商高，連情商也高得要死！」

「乖啊，大毛，下次這種話你對著小青說就可以了。」毛茅用腳尖輕踢黑琅胖胖的屁股。也只有迷弟海冬青會對黑琅的話堅信不移。

「真怕哪天你說太陽是方的，小青也會同意是方的……」毛茅傷腦筋地嘆氣，他覺得這事還真的很有可能發生在海冬青身上。

這句話毛茅是含含糊糊地說，連黑琅的耳力也聽不清楚。

「毛茅，你是在誇獎朕？還是在稱讚朕？」

毛茅沒有回答，只是豎起食指，比了一個噤聲的手勢。

黑琅再張口就是喵喵叫，完美地偽裝成一隻不會口吐人言的貓。

毛茅注意到更前面的地面上被畫了一條白線，當他們三人一貓抬腳跨過去的剎那間——

本是廢墟外觀的榴華分部，發生了驚人的變化。

厚厚的冰層凍住了整幢偌大建築物，本來張揚妖艷的九重葛全被冰封在裡面，還維持著當時盛開的姿態。

寒冰從榴華分部一路凍結，包括大樓外的石階也被覆蓋在底下。從毛茅他們所在位置望去，恍如是一座冰之城堡。

在廂型車內與協會進行遠端通訊的胡水綠察覺到毛茅等人的到來，向對方說了聲暫離，從車內走了出來。

「你們來得眞快。」胡水綠撥開落在肩頭的白雪，「別去打擾那邊正在破冰的除穢者們，其他地方隨便你們逛。記得只准逛半小時，超過時間的話……」

胡水綠給了三名學生一抹看似甜美，但就和他手中手術刀一樣鋒利危險的笑容。

第四章

很顯然地，沒人打算挑戰胡水綠的威嚴。

即使是毛茅，今天也沒有這個打算。

黑琅對觀察一座大冰山毫無興趣，他鑽出毛茅的懷抱，喵喵叫幾聲，表示要自己找地方休息去，他們就自己去逛吧。

黑琅很快看中一株綠蔭極盛的大樹，幾個敏捷跳躍就飛竄到樹上，然後不動如山地趴著。

黑琅很有自信挑的地方夠偏僻，那些忙得團團轉的除穢者或分部人員不太可能跑到這裡來，怎麼看就是適合他好好打個盹的地方。

只是才剛夢到滿天雞腿在天空飛來飛去，就等著貓陛下去抓一支下來臨幸，冷不丁響起的人聲驚擾了黑琅的美夢。

黑琅掀開眼睛，眼底殘留著怒火。他不聲不響地挪動身子，往下一看——

在樹下說話的是胡水綠，還有另外幾名沒見過的男女。

但是黑琅認得出那身藏青色制服，那幾人也是除穢者。

黑琅眼光犀利，他看得出來，其中的兩名女性比她們的男性同伴還要強上許多。

「你們想說什麼？」胡水綠冷著一張俏麗的臉。他工作繁忙，既要盯好榴華分部的破冰進度，還要下達指令給其餘人員，當然還得要從這堆事情中再擠出時間，和伊聲進行愛的視訊。胡水綠都恨不得自己能有分身了，這樣才不至於忙得團團轉。

「有話快說，有屁就別放了，我的時間很寶貴。」胡水綠看了一眼自己的腕錶，再冷漠地看著並非屬自己麾下的除穢者們。

他們是從外縣市趕過來榴岩市的，為的就是要支援人力嚴重不足的榴華分部。

讓胡水綠覺得不耐煩的是，他們過來報到後，第一件事不是去負責自己分配到的工作，竟然是把他叫到一處偏僻的角落，還圍著他不肯讓他離開。

別看胡水綠外表甜美可人，手段其實厲害，萬一惹怒了他，絕對不會手下留情的。

「我聽說第五壬失蹤了。」個子高的女子冷冰冰地說。她的頭髮削得又短又薄，五官英氣，輪廓深刻，光是氣勢就不輸給大多數的男人，「你們還沒找到他嗎？」

「他被困在分部裡的機率很大。」胡水綠說，「蒲松煙，妳究竟想說什麼？」

「煙姊……煙姊是認為……」出聲的女生較蒲松煙小，煙灰色的長髮披散在肩頭，巴掌大的雪白小臉顯得我見猶憐。尤其是一雙似乎總含著迷濛水霧的眸子，最容易激起男性的保護欲，「第五壬的嫌疑很大，他的失蹤充滿詭異……」

胡水綠無動於衷，「妳是在現場看到一切了嗎，蒲公瓔？第五是我底下的人，我信任他，所以我建議你們還是省下說他壞話的工夫吧。如果有這個時間，不如去做點有意義的事情如何？」

胡水綠勾了下嘴角，露出皮笑肉不笑的鋒利弧度。他一拿出分部長的威壓，另外幾名男性除穢者不禁心生幾分畏縮。

沒有足夠強大的力量，胡水綠是不可能坐得上一部之長的位子的。

「胡水綠，你為什麼不多聽我們的勸？我們是好意……」蒲公瓔流露一絲委屈，眼眶紅了一圈，「明明最該懷疑的人就是第五壬沒錯啊……你忘記他的叔叔當年做了什麼事嗎？他和他叔叔的感情那麼好，誰知道他會不會暗中認同……第五景的理念……」

「妳廢話太多了。」胡水綠眼神如刀，絲毫不因蒲公瓔是女性而留情，「不如讓蒲松煙帶妳去洗洗嘴巴怎樣？順便把其他人也帶走，我要的是幫得上忙的人，不是把我圍在這，然後嘰嘰歪歪個不停的人。」

「胡水綠，不准你欺負瓔瓔！」蒲松煙語氣凌厲，伸手將自己堂妹護在身後，「我以前真是瞎了眼，怎麼會看上你這種不男不女的變態？」

「呵呵，說得好像我們曾有什麼關係一樣。妳臉皮厚也要有個限度，蒲松煙。」胡水綠毒辣地反擊，「需要我提醒妳嗎？我們之間的交集頂多是同一期的實習生而已。噢，彼此可能連三十句話都沒說超過呢。」

「呃……我們幾個先過去那邊幫忙……」與蒲松煙她們同行的男除穢者不敢再逗留了，他們誰也不想捲入別人感情上的修羅場。

內幕知道太多的話，說不定還有被滅口的危險。

起碼胡水綠的契靈威名遠播，是沒多少人願意招惹的。

黑琅看著幾個大男人灰溜溜地跑了，他在心底哼了一聲，看不上那些一副沒膽子模樣的人。換成是他，當然是非得把八卦聽完，才會挪動他尊貴的身軀。

否則他怎麼分享給自家的鏟屎官？

樹下的三人誰也沒發覺到，他們頭頂上原來躲著一隻貓。

「沒用的傢伙。」蒲松煙眼帶鄙夷地看著那幾道像落荒而逃的背影，接著目光再轉了回來，「第五壬現在在哪裡？冰雪女王有辦法讓人措手不及地殺進榴華分部，絕對跟他脫離不了關係。」

「第一，冰雪女王根本沒有殺進去，她在外面就直接把整個分部都凍住了。」胡水綠對蒲松煙的說法嗤之以鼻，「第二，不要再抹黑我的部下了。如果他沒在外面出現，就表示他被困在裡面動彈不得。協會是教妳這樣懷疑同伴的嗎？最後我再聲明一次，第五和他的叔叔感情好，那也是那次暴動之前的事了。」

「知人知面不知心……」蒲公璎細聲細氣地說，「誰知道第五壬……私底下是不是也想要學他的叔叔，複製出當初的成果……再複製出一批新的人形污穢。」

黑琅瞇細的眼睛陡然睜大，這可是他沒想過的驚人祕密。

從那個叫蒲公瓔的雌性人類口中，所謂的人形污穢，聽起來像是經人爲製造出來的……

魔女是被人類製造出來的！

而且始作俑者，很顯然就是那個第五壬的叔叔！

「胡水綠，你難道能保證第五壬就不會走上第五景的老路嗎？」蒲松煙強勢地指責，「當初第五景也是受眾人敬仰，可是誰知道他私底下會做出那種不堪的事！」

「第五景是第五景，第五壬是第五壬。」胡水綠沒耐心和這對堂姊妹再耗下去了，眾多事務還等著他這個分部長去處理，「妳們如果不想幫忙，麻煩滾回去妳們的地方好嗎？」

「胡水綠，你爲什麼要曲解我和煙姊的好意？」蒲公瓔傷心地說，「你也看到魔女的實力有多可怕，比十五年前更可怕了……這些年間，她們一定是悄悄地進化，說不定就是第五壬暗中做手腳的。甚至……他可能還和那些魔女有勾結啊！」

「我的回答是——有病還是去治一治吧。」胡水綠嘲諷地以食指比著腦袋，「照妳的說法，那罪魁禍首應該是協會本身吧。當年就是協會讓人把那些污穢的結晶封印起來，根本沒人預料到它們竟會逃出封印，甚至還有了人形的姿態。現在就只因爲第五是第五景的姪子，妳們就認定他是嫌疑犯。」

見蒲松煙還有話要說，胡水綠的耐心終於告罄，「夠了，閉嘴，不做事就滾！」

「我們會做事，但不是蠢得跟那些傢伙一樣，只知道白花力氣在上面破冰。」在蒲松煙看來，那些行為無疑是白費力氣，「與其想法子破開那些冰，不如找出冰雪女王，殺了她就能解決一切。」

「煙姊說的沒錯，我們只要多盯住其他污穢，就有機會等到冰雪女王！」蒲公瓔的眼睛發亮，「為了吃掉那些污穢來增強自己的力量，冰雪女王一定會主動現身的……到時我們就能一網打盡！」

「隨便妳們。」胡水綠沒興趣強留無心在這做事的人，蒲松煙和蒲公瓔想狩獵污穢，就讓她們去吧，省得留在這裡還增加他的麻煩。

黑琅有些扼腕這場對談竟然那麼短暫，他還希望他們能多爆一點料的。

黑琅在心裡盤算著是否該設法跟上似乎要離開此地的三人，但還沒等他採取任何行動，身下的樹枝霍地發出了「啪」的聲音。

黑琅感覺自己的身子好像隱隱有下墜的跡象。

等他意識到是下方的樹枝斷了，他的身軀也已往下掉落——

「喵！喵喵喵喵！喵嗷——」就算是碰上意外，黑琅還是謹記著不能在外人前暴露會說話的事實，他發出淒厲的喵叫聲，四肢在空中划動。

「六花！」冷冽的聲音響起。

同一時間，六把鋒銳的長刀疾射過來，在黑琅下方交疊起，剛好托住他的屁股墩。

胡水綠、蒲松煙和蒲公瓔，被這突來的變故弄得一怔，連要提步離開都忘記了。

他們齊齊看向聲音來源處，六花的主人正與另外兩人往這地方走來。

「高甜、白烏亞？」蒲松煙眉頭不自覺皺起，這兩個年輕人的盛名，是大多數除穢者都聽聞過的。

尤其是高甜，出身名門，背後是龐大的家族勢力；加上她天賦高，戰力強，曾有除穢者感慨，用不了多久，高甜恐怕就會是他們這一行中最頂尖的一員了。

同樣是除穢者，蒲松煙可不會欣賞一個未來可能威脅自己現有地位的人。

「煙姊，那個紫頭髮的男孩子……妳認識嗎？」蒲公瓔小小聲地問著。過來的三人中，她唯一感到陌生的便是居中的紫髮男孩了。

對方能進來這裡，又和高甜、白烏亞同行，還穿著榴華高中的制服……很明顯，他也是榴華除魔社的一分子。

「我沒看過他。」蒲松煙的視線只在毛茅臉上停留一、兩秒，就冷淡地移開。

白烏亞朝一看就是他們前輩的兩位除穢者點下頭，當作招呼。高甜則是看也不看，手指一彈，契靈六花瞬間消失無蹤。

黑琅的屁股砸到了地上，氣得他火冒三丈，瘋狂地對著高甜喵喵喵。

——無禮的女人！朕的屁股是妳能隨便摔的嗎？朕要在妳的臉上抓出一個棋盤！

現場大概只有毛茅猜得出黑琅的威脅，他上前將自家寵物拎起，不輕不重地打了一下屁股，「大毛安分點，是高甜救了你喔。」

「胡水綠，你讓幾個小鬼進來這裡幹嘛？」蒲松煙不悅地沉著臉，「看到前輩也不會喊一聲嗎？澤蘭和伊聲沒教他們禮貌嗎？」

無禮的是妳！妳這個大膽刁民！黑琅的金黃眼珠像要噴出火，但礙於此時不是說話的好時機，只能再一次氣憤地喵個不停。

「煙姊，我想他們也不是故意的……」蒲公瓔柔柔地打著圓場，「不好意思喔，我堂姊只是心直口快了些，但她真的是好意……畢竟除穢者之間也很講究禮貌的，要是煙姊這次不提醒你們，以後你們很容易就惹得人不快。」

毛茅抱著貓，臉上還是掛著微笑，卻是任憑蒲公瓔和蒲松煙的話左耳進，右耳出——換句話說，就是根本沒在聽。

「蒲松煙、蒲公瓔，過來支援的除穢者。」胡水綠一語帶過，擺明不打算向毛茅他們進一步介紹蒲家姊妹。

「走了，瓔瓔。」蒲松煙板著臉，拉著自家堂妹大步離去。

確定那兩個女人走得夠遠，黑琅立刻不爽地衝著胡水綠齜牙咧嘴，「朕不管她們是蒲公英還是什麼花的，朕要撓花她們的臉！讓她們身上的制服變成一團碎布！她們好人的膽子，朕的鏟屎官豈是她們能夠隨意批評的？」

「哎，剛剛那兩位阿姨有批評我嗎？」毛茅納悶地問道，「我剛都在發呆，完全沒注意到呢。」

「阿姨……毛茅，下次你就當著她們的面喊，我當你靠山，不用怕。」胡水綠只要想像蒲家姊妹聽到這稱呼的表情，就忍不住覺得爽快。

「依你的年紀，你也該被毛茅喊叔叔了，胡老師。」高甜一針見血地說。

「呵呵，我年輕貌美，比蒲家那兩位勝過太多。」胡水綠撫著臉頰，對於自己精心保養的美貌相當得意洋洋。

「呸！毛茅的靠山當然是朕，你這個穿女裝的閃邊去。」黑琅給了胡水綠鄙夷的一眼，「所以那兩個一看就很討人嫌、惹貓厭的女人是哪來的？」

「你是胖到連耳朵也打不開了嗎？我剛才不是說過了？」胡水綠伸手捏了黑琅肉乎乎的臉頰一記，「蒲松煙、蒲公瓔。」

要不是被毛茅抱著限制住行動，黑琅一定會讓胡水綠理解貓的爪子有多硬。

「然後？」毛茅問。

「厲害的除穢者，還差了我一點。但和高甜比起來，就是不相上下了……不，恐怕更強。」胡水綠對蒲松煙她們沒好感是一回事，但對於她們的實力，他是就事論事，「高在協調性這一點。蒲松煙她們可以跟任何人合作行動，發揮她們所長。」

「嗯。」高甜頷首，她也明白自己的弱項，「我就不行。」

她不擅長和其他人合作，更習慣獨來獨往。如果把她丟進隊伍裡，只怕無法增加戰力，還可能妨礙到團隊合作。當然現在有除魔社在，總歸是比以前更好一些了。

「但我跟高甜妳合作就挺不錯的呀。」毛茅笑嘻嘻地說，金黃色的眼睛在灰沉的天空下像閃著流光，異常熾亮。

「對，我跟小豆苗合作得很好。」高甜嘴角微揚。

「知道你們都很好，親愛的教出的學生又怎麼可能會不好呢？」胡水綠一談及伊聲，就忍不住驕傲地挺起胸。

黑琅瞥了一眼，估計那裡今天是塞饅頭吧。

黑琅張大嘴巴，打了一個呵欠，尾巴纏上毛茅的手臂，表明他累了，要回家吃飯休息。

「你們幾個來這裡也夠久了，該離開了。」胡水綠也不想讓三名學生在這邊久待，一來是伊聲的交代；二來這裡也不能夠算是安全的地方，「我就不送你們了，反正你們有腳，就照原路走出去吧。」

「等等，胡老師！」毛茅忽地喊住了胡水綠。

胡水綠轉過頭，看見的就是紫髮男孩無辜可愛的笑臉，但他卻從那抹笑容裡嗅到了鋒利。

「胡老師。」毛茅說，「第五先生的叔叔在當年……究竟是做過什麼事？」

——才會讓澤蘭、伊聲連提都不願再提，甚至在蒲家姊妹口中，有如犯了十惡不赦的罪。

聽見毛茅的問題，黑琅的精神頓時就來了。他剛可是在樹上聽完全程談話的，就是還沒聽見最關鍵的部分。

正如毛茅問的，十五年前，第五景究竟是進行了何種實驗？

「朕可是聽見那兩個女人說了。」黑琅慢悠悠地將自己偷聽到的話傾倒出來，「人形污穢其實是人爲製造出來的。」

胡水綠在心裡罵了聲髒話，他竟然忘記這隻胖貓剛是躲在上面的。他的視線再掃過另外三人，果然在三雙色澤不同的眸子裡看見了震驚與錯愕。

對除魔社的三名學生而言，這個眞相無疑是平空響起一聲雷，震得人一時無法回過神來。

毛茅只是單純想弄清楚當年污穢暴動的根本原因，沒想到會知道這麼一個驚天祕密。

被稱爲「魔女」的人形污穢……竟是人爲製造出來的!?

如果這就是眞相，怪不得澤蘭他們在談及十五年前的舊事時，都是避重就輕地帶過，不願再深談下去。

如果讓人知道，啖吃血肉的魔女原來是經過榴華分部科研室的實驗產生的，協會裡只怕要掀起一陣巨大動盪。

「胡老師，這是真的？」白烏亞低低地問，目光直視著胡水綠。

「啊啊，你們伊老師一定會想扒了我的皮……」胡水綠揉按著抽痛的額角，他猜得出來伊聲和澤蘭會希望能瞞著學生，畢竟這可不是什麼適合小朋友聽的床邊故事。

「知道的人，多嗎？」高甜問出第二個問題。

「只有少部分高層人員才知道。」胡水綠知道自己是躲不過這群小朋友們的逼問了，「第五壬的叔叔，第五景，瞞著科研室的其他人，私下做了令人不齒的實驗。」

誰也沒有打岔胡水綠的話。

令人不安的寂靜環繞在大樹底下，直到胡水綠的聲音再次響起。

「他想知道，把除穢者的契魂和污穢的核心強行結合在一起，會發生什麼樣的變化。」

胡水綠面無表情，吐出的字字句句都像凍著最磣人的寒霜。

「他挖出了活著的除穢者的契魂。」

除穢者的契魂被挖出後會發生什麼事，毛茅他們自然是知道的。甚至他們也曾親眼目睹。

失去契魂的人從外表來看毫無異狀，但其實就像被抽走了人類該有的情感，宛如行屍走肉。

不知情的人頂多認爲對方突然改變了個性。

而對於當時捕捉到強大污穢、正沒日沒夜進行實驗的科研室來說，更是無暇去留意身邊人的異樣。

第五景就是抓住了這個漏洞。

他獲得了七個契魂，把它們和七隻污穢的核心融合。

他想要知道這會創造出什麼，他只是單純地想知道，絲毫不在意後果。

然後「後果」反撲了。

本該被封住所有行動力的污穢，在誰也沒預料到的時候，全體暴動。

它們闖出了牢籠，發狂地攻擊當時在科研室裡的人，吃掉了當時還年幼的時玥雪的手臂，尖叫和哭號交織成慘烈的樂章。

最後就是毛茅他們所知道的眞相了，污穢被消滅，留下了異變的結晶，結晶被封進不可碰之書裡。

歷經十五年後，結晶卻在榴華分部的眼皮底下失蹤，再以人形的姿態歸來。

它們成了讓協會忌憚的——魔女。

「所以說，是漫長的時間讓那些結晶進化了嗎？」毛茅若有所思地說，臉上是嚴肅的表情。但這副正經模樣，卻被掛在他頸肩處的胖黑貓給破壞了，「唔，或者要說活性化？」

「胡老師說了，協會也沒有答案。」白烏亞摸摸毛茅的腦袋，要小直屬別爲此多煩惱，「我們只要去做我們能做的事就好。」

「明白啦。」毛茅仰頭對著白烏亞露齒一笑，笑容裡像掃去一片陰霾，如同燦爛的旭日，「我們要做的事就是救出毛絨絨。」

「然後把他烤來吃！」黑琅拍板定案。

「剛好家裡新買了孜然粉呢，一定很搭的。」毛茅立刻盤算起幾個關於雞肉如何料理的做法，同時他的腦海深處快速閃過了一個疑惑。

如果被封印的異變結晶會活性化，那麼本體是特殊金屬和部分異變結晶打造出來的不可碰之書……也會活過來嗎？

這個想法只是匆匆掠過，毛茅下一秒就被突發的意外拉走全部注意力了。

他腳下忽地踩滑，險些一屁股跌坐在地面上。

白烏亞和高甜迅速各扶住他的一邊手臂，將他穩穩地撐了起來。

「謝謝……」毛茅拍了拍胸口，困惑地低下頭，「這裡，也結冰了？」

毛茅他們已經離開榴華分部，回到了市區。卻沒想到在他們準備解散各自返家的街道上，會發現寒冰的存在。

或許是連著幾天都在下雪，就算是路面出現了冰體，往來的行人也沒多去注意，大多是掃過一眼就匆匆離去。

對榴岩市的市民而言，大熱天都能下雪了，那麼結冰好像也不是什麼值得令人大驚小怪的事了。

毛茅放眼望去，整條街的兩側不知何時都覆著一層幾公分厚的冰。

榴岩市彷如被冬天籠罩，偏偏氣溫仍舊悶熱。

高甜眼一瞇，「下面有黴斑。」

寒冰底下確實分布著青白色的斑紋，範圍不大，不超過一個手掌的大小。

「污染還很小，先記著這地方，之後再來處理。」白烏亞說，「眼下也不適合。」現在路上還是人來人往的，如果真的當場破開冰層，提著長刷子清除黴斑，只會引來不必要的注目。

毛茅和高甜自然也明白這個道理，他們點點頭，和白烏亞道別。

誰也沒將那片小得構不成威脅的黴斑放在心上。

第五章

從學校離開後，木花梨去了一趟小書屋，她想要買幾本有關烹飪的書。

聽說甜食可以讓人心情愉快，她希望能做點東西，帶到社團和大家一起分享。

啊，還得要另外做個特大尺寸的蛋糕給高甜學妹才行呢！

木花梨至今都想不明白，比自己小上兩屆的高甜明明看起來又瘦又高，吃下的那麼多東西究竟是跑到哪裡去了？

這大概跟時衛玩手遊課了多少金，澤蘭到底幾歲了，同屬於除魔社的不解之謎之一吧？

木花梨鑽進彎彎曲曲的巷弄裡，不消一會兒就來到了小書屋。

她猶然記得第一次見到小書屋老闆時的驚訝。

如果不是毛茅曾告訴過她，她怎樣也想不到，小書屋的老闆竟然會是一個看起來只有十一、二歲的綠髮小女孩。

對的，只有外表看起來。

據說小書屋老闆的年紀，和澤蘭、伊聲，以及毛茅的養父差不多。

就算不知道實際上是幾歲，但也絕對比木花梨還要年長。

雖然不曉得為什麼小書屋的老闆見到自己時總是擺著一張臭臉，還時常對自己的……嗯，胸前投予敵視的目光，但木花梨仍對對方相當有好感的。

她一向對可愛的人事物缺乏抵抗力。

只可惜森柒對自己的態度都是凶巴巴的，不然木花梨真想抱一抱她，手感一定很好。

果然，一瞄見木花梨的身影，坐在小書屋外面一邊咬芭樂，一邊看書的綠髮小女孩立刻板起了臉，翠碧色的大眼睛射出了眼刀，絲毫不見顧客上門的喜悅。

「妳好，森柒。」木花梨笑吟吟地打著招呼。

「又是妳。」森柒臭著臉，站了起來，如同懷抱深仇大恨地瞪著木花梨豐滿的胸前。

她不會忘記，她最最最愛的毛茅，就是容易被那兩團脂肪組成的東西給魅惑住！

這個橘頭髮的小丫頭根本就是她要防著的強大敵人！

還有另一個黑長直頭髮的丫頭也是！

不過相較於毒舌刻薄的高甜，森柒覺得她還是可以稍微容忍一下待人親切又有禮貌的木花梨。

森柒咬了一口芭樂，斜眼睨著木花梨，「今天要找什麼書？先告訴妳，這裡什麼書都有，就是沒有巨乳人妻、巨乳護士、巨乳空姐……總之，一切跟巨乳有關的書通通沒有。」

「不不不，我完全沒想過要買這些的。」木花梨臉頰飄上紅雲。遲疑了一下，她壓低聲音問，「森柒，那這裡有百合小說或漫畫嗎？嗯……就是兩個女孩子談戀愛的那種。」

森柒手中的芭樂差點滑掉。

「我喜歡內容純情一點的。」木花梨紅著臉說，「不過有一些激烈場景也是可以接受。」

森柒還沒閉起的嘴巴這下張得更大了，過了幾秒才猛然想起自己該擺出成熟大人的威嚴，馬上重新板起臉。

「靠右第二排，第三個書櫃，從底下算上來的第二個架子。」她朝店裡面抬了抬下巴，繼續維持著高傲的氣勢。

等到木花梨走進去，森柒這才再次用力咬了一大口芭樂，壓壓心裡的震驚。

眞的是沒想到啊……那個橘髮小丫頭原來喜歡那種口味的，看樣子應該是可以從情敵名單上直接刪除了。

迅速在心中將木花梨的名字打叉叉，森柒的心情又變好了。她坐回椅子，蹺著二郎腿，重新翻起她的書。

書名就叫作《如何攻略銅牆鐵壁的他》。

還沒沉浸在書中世界多久，森柒就發現自己前方猛地落下了大片陰影。她一仰頭，看見的是一個用黑色連帽外套，將自己包得幾乎密不透風的可疑人士。

假使不是森柒還認得出來人是誰，恐怕就要將對方當作上門來找碴的傢伙，抄起旁邊的掃把將人暴打一頓了。

別看森柒外表文靜可愛，還紮著兩個圓圓像熊耳朵的髮髻，不說話時彷如一尊東方瓷娃娃；事實上，她的脾氣火爆得很，一言不合就直接開揍。

森柒瞪著那個把自己包得黑漆漆的蒼白少女，那身陰氣森森簡直就是最好的辨識特徵。

「我記得妳，妳和毛茅同社團的，不只一次尾隨裡面那位大胸ㄚ頭到我這來。」森柒哼了哼，「叫黑色的鳥對吧？」

「我是黑梟。」黑梟的聲音又細又冷，在飄著雪花的天氣聽來更透出一股難以形容的陰寒，「我知道妳胸小，妳再怎麼樣都比不上花梨學姊。花梨學姊有著最漂亮又完美的胸……不，花梨學姊從指甲到頭髮都沒有不完美的地方。」

「夠了喔，我已經感受到妳濃濃的痴漢力了。」森柒把一雙腳蹺到充當櫃台的小桌子上，連鞋子也沒有脫掉。就算她依然坐著，還是展現出了猶如居高臨下的氣勢，「不過我完全可以理解，我家毛茅也是從頭髮到指甲，沒有任何不完美的地方。『完美』兩個字就是爲他量身打造的，還有『帥』這個字也是。」

「妳說錯了，『完美』兩個字是爲花梨學姊打造的。」黑梟的音量小歸小，卻沒有一絲退讓的意味。

「錯，是毛茅。」

「不，是花梨學姊。」

「老娘說是毛茅就是毛茅！妳再多囉嗦一句，信不信老娘揍翻妳啊？」

面對森柒的威脅，黑梟的回應是拉開鬼氣十足的冷笑。

森柒哪忍受得了被小輩看輕，更別說對方居然膽敢認爲她的毛茅不完美。她挽起袖子，迫不及待要讓眼前的臭小鬼領教一下前輩的厲害。

然而上一秒才扯下連帽外套，儼然也要大幹一場的蒼白少女，下一秒赫然用連她都看不清的速度，消失在她前方。

森柒被這意想不到的局面弄得一臉發懵。

還沒等她找到黑梟的身影，就聽見一道悅耳婉轉的嗓音由後傳出。

「森柒，這些書請幫我結帳。」

森柒扭過頭，看見抱著一臂彎書本的木花梨，像朵漂亮的盛綻花朵佇立在門口，當下恍然大悟，反應過來黑梟消失的理由了。

嘖嘖，膽子大得敢跟她叫囂的丫頭……原來一碰到喜歡的女孩子，瞬間就慫得躲了起來。

還得加把勁啊……森柒朝遠處的一個陰影角落覷了一眼過去，又收回目光，俐落地替木花梨結帳。

森柒原先以爲木花梨壓根不知道黑梟跟著她過來的事。

但榴華除魔社的人好像往往都出乎她的意料。

只見木花梨沒有立即提步離開，而是在店外站定，東張西望了一會，棕色的溫暖眸子很快便鎖定了某個方向。

木花梨抱著書，揚起似三月春風的微笑。

「黑梟，我們回家方向不一樣，妳跟著我會繞遠路的，我們明天學校見喔。」

她的音量不算大，但足以讓藏匿在陰影處的黑梟聽得一清二楚。

又站了一會，木花梨朝黑梟的方向揮了揮手。她猜想黑梟這一次還是會待在角落目送她離去，對此她的心裡總是有幾分遺憾。

她不知道為什麼黑梟總是跟她保持一大段距離，有時候連視線都不願意與她對上。可同樣地，她又覺得黑梟應該是喜歡和自己親近的。

木花梨也希望能和這名學妹多親近一點。

向森柒告別，木花梨轉身準備離去，倏然間，一抹黑漆漆的影子如閃電竄了出來。

「花梨學姊……」黑梟的頭依然低低的，像侷促不安的小孩，無意識絞著蒼白的手指，她還是覺得近在咫尺的橘髮少女耀眼得令她難以直視。

但是，這一次她想要主動縮短距離。

或許用盡全力地撲過去還沒辦法做到，但她可以……

「花梨學姊，書先給我。」黑梟小小聲地說，眼睫毛快速顫動，洩露了一絲緊張。

木花梨雖然困惑，但還是把自己買的書都遞給了黑梟。

黑梟下一刻就把書往櫃台上一放，也不管森柒的腳還架在上面。

「喂！」幸好森柒收腳的速度夠快，否則就要砸中腳了。

黑梟不管森柒對自己怒目相向，木花梨的雙手都空出來後，她鼓起最大的勇氣，一把握住了那雙在她眼中美好得閃閃發光的手。

「花梨學姊，我們……明天見。」

明明只是一句再簡短不過的話語，就好像花上了黑梟畢生的力氣。

黑梟能聽見自己的心臟在瘋狂跳動，她害怕心臟隨時可能會從她的喉嚨跳出來，更害怕木花梨會抽出手。

木花梨真的抽出手了。

黑梟瞳孔瞠大，腦中一片空白，覺得自己的靈魂都被抽走了。

下一秒，溫暖滑膩的觸感從她的手背上傳來。

木花梨改包握住黑梟的手，笑吟吟道，「嗯，明天一定要見到面，我很期待呢，黑梟。」

「好、好的。」黑梟不會結巴，即使她平常說話都是小小聲的，可直率不留情面的態度往往能把人噎得反擊不了。但是就只有在面對木花梨的時候，她都會覺得自己的舌頭像被咬掉般，連話都說得吭吭哧哧。

「黑梟好乖喔。」木花梨眼角、唇角都刷上一層柔和，她鬆開黑梟的手，改摸摸對方的腦袋。

黑梟懷疑自己的頭頂是不是燙得冒出熱煙了。

她伸手摀住燙得發紅的臉，淺灰色的眼睛裡閃爍著深深的痴迷。一直到木花梨的背影消失在視野內，才依依不捨地收回目光。

一轉頭看向森柒，充滿眼中的害羞歡喜便褪得一乾二淨，像戴了面具般，面無表情。

「變臉速度挺快的啊。」森柒懶洋洋地說，「我教妳，想追人就要再黏人一點、纏人一點，像我對毛茅那樣。還要隨時準備結婚證書在身邊，這樣才能有備無患，懂嗎？」

「妳備到現在，有用上嗎？」黑梟幽幽地說。

這疑問無疑在森柒心頭扎了一刀，氣得她想把咬一半的芭樂丟出去，但她不想浪費自己的最後一顆芭樂，所以改拍桌站起。

「死丫頭，信不信老娘打死妳啊？就算毛茅不簽，他在我心中也是我未來老公了！」

「喔，明白了，妄想症對吧？」

「啊啊！妳跟那個叫高甜的小鬼一樣討厭！把妳的契靈召出來，老娘今天一定要代替澤蘭來教教妳什麼叫愛幼！」

一場屬於女性之間的小型戰爭，就先在小書屋外面準備開打了。

踏上返家路途的木花梨自是不會知道，黑梟和森柒之間爆發出了火花。

——互看不順眼，還有雷電交加並且火花劈啪作響的那種。

木花梨心情愉快地走著。

雖說榴岩市還在飄著小雪，讓人無法遺忘冰雪女王帶來的災難，可她同時也堅信著，他們一定能夠救出那些被困之人。

並且，殲滅最後一位魔女。

潔白如絮的雪片不斷從高空上灑落下來，一碰觸到地面，又快速地融爲水。

然而奇異的是，氣溫並沒有因此而轉冷。

現在仍舊是屬於秋老虎的天氣。

悶熱的空氣，冰涼的雪，還有持續灰濛的天空，一切都在訴說著反常。

木花梨空出一隻手，從背包裡拿出了折疊傘。雪花飄在她的髮梢、肩上，融化時帶來微微的水氣，最後滲透進布料，將涼意傳遞至身體。

這令木花梨不禁打了一個小哆嗦。

她趕緊撐起傘，隔絕了那些不知何時才會停止的白雪。

這場雪已經下了三天，偶爾會有停頓，但過一陣子又重新吹起。蒼白的雪和灰色的天空，讓榴岩市就像被吞去了大部分生氣，呈現詭異的死氣沉沉。

木花梨揮去腦中的想法，加快了腳下速度。

她這一趟去小書屋買了不少書，除了烹飪相關的外，能夠找到女孩子們的愛情故事無異是意外之喜。

果然不愧是毛茅推薦的小書屋呢，什麼都找得到。

啊，不對，只有巨乳相關的書找不到。

木花梨霍地回想起來，那名外貌如同小女生的書店老闆，總愛用敵視的目光看她的胸。

原來……這就是森柒不肯進和巨乳有關書籍的理由啊。

木花梨一手抱著書，一手撐著傘，大步往回家方向前進。不久後她看見前頭有位黑髮女孩不知因何緣故東張西望，模樣看起來有絲緊張。

木花梨第一時間想到對方也許是碰上困難了，她立即由走變跑，來到了對方身邊，不忘將傘移到少女頭上。

「請問，妳需要幫忙嗎？」木花梨柔聲地問，她眉眼彎彎，如春天花朵的明媚臉蛋和溫柔笑意，容易讓人心生親近之意。

黑髮少女反射性回過頭，深如黑潭的眼睛張得又大又圓，像隻小動物。

木花梨對小動物和可愛的人最沒抵抗力了。

「需要我幫忙嗎？」她又問了一次，語調輕緩。

黑髮少女小幅度地點了點頭。

少女比木花梨還要嬌小許多，從她的角度來看，可以看見對方血色極淡的嘴唇微微地張闔，像在說著什麼。只不過音量太小，讓人無法聽清。

木花梨困惑地俯下身子，拉近彼此的距離，想聽清楚對方的求助。

陡然間，五根手指大力地箝握住了她持傘的那截手腕。

五根手指白得像雪，也冰得像雪，還能瞧見青藍色的血管在薄薄的皮膚下蜿蜒，有如攀伸的枝蔓。

驚人的寒意正從少女掌心傳來。

幾乎讓木花梨產生了碰觸自己的是一塊寒冰的錯覺。

直覺告訴木花梨事態不對勁，她不假思索地想抽回手，拉開與黑髮少女的距離。

可還來不及動作，映入她眼內的景象已凍得她遍體生寒，就連行動能力都彷彿因而被剝奪個徹底。

黑髮少女仰起了臉，露出了笑。她的黑髮轉眼間成了藍白色長髮，深黑的瞳孔被詭譎的深藍侵佔，同色睫毛刷上了霜雪。

雨傘遮住了兩名少女的身影。

木花梨抱著的書落了一地，砸出令人不安的悶響。

□

雪不知什麼時候停了。

路上殘留的水漬很快就被熱度蒸得一乾二淨，小巷裡不見人影，唯有一把打開的雨傘和數本書掉落在地。

很快地，急促的腳步聲接近了這條巷道。

那是一高一矮兩名女子，高的那人一頭俐落削薄的短髮，五官銳利；矮的那人則是留著煙灰色的長髮，與身邊絲毫不掩強勢稜角的同伴相比，顯得纖細脆弱。

她們正是不久前還在榴華分部外的蒲松煙和蒲公瓔。

兩人匆匆趕來這，是爲了「刷一刷」上面突然出現的通知——有污穢在此地出沒。

沒想到卻是撲了一場空。

放眼望去，小巷裡空蕩蕩的。別說是污穢了，連條人影也沒有。

但也因爲如此，路上的雨傘及凌亂散落的書本顯得越發突兀。

蒲家的兩名女性只是隨意地掃過一眼，就將注意力移轉至周遭環境上。她們來回尋找了多次，卻始終不見污穢的蹤影。

「可惡……」蒲松煙皺緊了英氣的眉宇，惱火地彈下舌頭。從「刷一刷」上面顯示出的能量波動，看得出來是一隻強悍的污穢。

蒲松煙不懼怕污穢的強大，因為她很清楚，自己同樣也夠強大。

加上旁邊還有蒲公瓔作為幫手，她們堂姊妹聯手，足以令多數除穢者自嘆不如。

「煙姊……」蒲公瓔扯了扯蒲松煙的袖角，「『刷一刷』上面的紅點不見了。」

蒲松煙猶不死心地掏出手機確認，小地圖上顯示的空無一物讓她忍不住心火更盛。

「是被逃了嗎？還是說……」蒲松煙抿直了唇線，眸裡光芒如刀銳利，「被其他人捷足先登了不成？」

一想到可能被其他人搶走獵物，蒲松煙腦海中第一個躍現的，就是除魔社的社員們。

他們剛才也在榴華分部，這裡離分部沒有太遠，所以怎麼看都可能是他們先行一步把她們的獵物給搶走。

老實說，她一點也不喜歡那群小屁孩。

只不過是群沒長大的小鬼頭，就算有幾個的確考取了除穢者的資格，但他們展現出來的態度，就像是不把大人放在眼裡。

不只是剛才態度淡漠的高甜與白烏亞，還有那個眼睛簡直像長在頭頂上的時衛。

一想到那個白金髮色的青年，蒲松煙的臉色更冷了。

對於向來愛仗著家族有錢，就自以爲能爲所欲爲的時衛，她實在是厭惡得不行。偏偏不少協會高層人員都巴不得能在時衛畢業後，將他延攬至總部裡。

「煙姊，怎麼了？妳心情不好嗎？還是說……是我、是我做錯了什麼嗎？」蒲公瓔小聲地問，眼裡揉著憂心和關切，有如覆上一層淡淡的水霧，「對不起，都是我的錯，我不該拉著妳在榴華分部那邊待太久的……妳喜歡胡水綠，胡水綠卻爲了伊聲拋棄妳。我怎麼就忘記煙姊妳看到他，就會心情難過……對不起……」

她仰著臉，揪著蒲松煙袖角的姿態，就像柔弱無助的小動物一樣。

登時讓蒲松煙的惱怒消散大半，她摸了摸自家堂妹的腦袋，嗓音放緩，「不是瓔瓔的錯，我早就不喜歡胡水綠了。他喜歡伊聲那個怪胎，就隨他去吧。幸好我沒跟他在一起，我根本無法想像我的另一半會是個愛穿女裝的變態。呵，怪胎果然和怪胎才是絕配……不過也只有妳會替我說話了。」

「那是因爲……胡水綠他眞的太過分了。」蒲公瓔爲蒲松煙深感不平，「當初他明明知道煙姊妳喜歡他，對他有意思，他卻理都不理，還高調地追求伊聲……他怎麼可以這樣做啊，他居然就這樣傷害無辜女孩子的心……」

看著蒲公璎氣得眼淚都快掉出來了，蒲松煙趕緊摟著她的肩頭，好聲好氣地安慰起來。

「璎璎乖，別哭啊……反正已經是個跟我無關的男人了，我們現在還有更重要的事要做，對吧？」

「對……」蒲公璎抹去眼角的濕意，重新綻放出笑靨，「該向協會證明，能夠消滅魔女跟高級污穢的，終究還是只有經驗老道的除穢者才做得到。除魔社那群小朋友所做的，就跟扮家家酒差不多，胡水綠對他們看得太高了。」

「唯一能夠稍微入得了眼的，大概也只有高甜了。我承認她實力不低，但也只是這樣而已。」蒲松煙毫不掩飾面上的不以爲然，「沒有老道的經驗，只靠天賦，她遲早會吃大虧。」

「煙姊說的最有道理了。」蒲公璎眉開眼笑地認同蒲松煙的話，「不過也只有讓高甜吃一次苦頭，她才會懂得自己哪裡不足。煙姊，要是我們下次再看到她獨自面對污穢，就不要插手幫忙了，否則她會沒辦法好好成長的，我們是爲了她好啊。」

「妳何必替不相關的人設想太多？」蒲松煙又揉了揉蒲公璎的頭，目光隨即移向路邊的傘和書本。

蒲松煙邁出幾步，大略地掃過那些書一眼，都是自己不會碰觸的烹飪書籍，或是看起來像是愛情小說的書；再加上那把傘花色活潑鮮亮，很有可能是女孩子所有。

就是不知道……那個女孩子跑哪去了？

不過應該跟污穢無關，它們只會奪走人類的契魂。一旦被奪走契魂，留在此處的就該是一具行屍走肉了。既然沒有女孩的身影，就表示她的失蹤和污穢並沒有關聯；換句話說，跟他們除穢者也沒有關係。

蒲松煙轉過頭，想聽蒲公瓔的意見。

「這些東西……」蒲公瓔低頭看著可愛雨傘和沾上泥濘的書籍，「煙姊，我看我們就別管了……」

「咦？為什麼不管？」蒲松煙不由得訝異地看著自家堂妹，她記得蒲公瓔總是最心軟善良、捨不得看見別人受傷害。

蒲公瓔輕咬了下嘴唇再放開，提出自己的看法，「雖然不曉得這些東西的主人發生什麼事，也許可能遭到不測了……但只要這些東西沒被對方的家人找到，她的家人就不會知道她出事了。」

「妳這樣說，好像也有點道理……」蒲松煙收回想撿起雨傘的手。

「我們應該讓她的家人抱持久一點的希望，這樣她的家人就不會立刻感到傷心難過了呢。」蒲公瓔天真地笑起來，露出頰邊可愛的小酒窩。

「瓔瓔果然是最善良的女孩子了。」蒲松煙誇讚著。

「煙姊，我們回去吧。」蒲公瓔挽上蒲松煙的手臂，「我想吃蛋糕。」

「好好好，妳想吃幾個都可以。」蒲松煙大方地應允。

「就知道煙姊人最好了。」蒲公瓔的眼睛閃閃發亮，迫不及待地掏出手機，準備找一間評價高的甜點店。

沒想到剛滑開手機螢幕鎖，「刷一刷」的通知瞬間彈跳出來。

鮮紅的一個點在地圖上出現，一閃一閃的，彷如要刺痛人的眼。

蒲公瓔張大眼，瞬間辨認出來，紅點就在離她們不遠處。

污穢出現了！

「煙姊，污穢又來了！」蒲公瓔放大地圖，飛快判斷出更準確的位置，「就在……就在我們後面！」

蒲公瓔拔高的話聲甫落，一道驚人氣勢就從她們身後席捲而來，伴隨著危險粗啞的低吼。

蒲松煙和蒲公瓔反射性轉過身，映入她們眼內的，赫然是一隻相貌駭人的，怪物。

它的上半身如同海馬，頭部和身體兩側長出碩大的鰭翼，看似柔軟，卻在擺動間折閃出鋒利逼人的光芒；而它的下半身，竟是如同寄居蟹的螯腳和胸足，還拖了一截長長的尾巴。

介於現實與超現實間的畸形，最容易讓人感到毛骨悚然，寒意從腳底一路竄上腦門。

蒲松煙和蒲公瓔卻是神情冷靜。

即使是給人柔弱感的蒲公瓔，此刻眉眼間也罩上了一層冷酷。

她們二話不說地點按了手腕上的金屬手環，藏青色的除穢者制服眨眼間取代了原先的輕便服裝。

「又是想要去榴華分部的嗎？」蒲松煙腳下影子翻湧，一柄三叉戟即刻衝竄出來，被她牢牢地握在掌心間。

「吃了妳們，增強我的力量，再為她……為她奉獻上血肉。」污穢口吐人言，蒼白的火焰在漆黑的窟窿裡瘋狂燃燒。

沒人問污穢口中的「她」是誰。

只可能是冰雪女王。

只會是那名挾帶風雪和冰寒降臨榴岩市的人形污穢。

「瓔瓔，小心一點，看好機會行動。」蒲松煙語畢，足下使勁，修長高挑的身子頓時像是疾射的利箭，三叉戟的尖端直逼污穢額頭而去。

污穢最有可能存有核心的地方——脖子、胸口、腹部，以及頭部。

同一時間，蒲公瓔迅速開啓回收場，大把光絲快如閃電地飛向四面八方。

當世界只剩兩色之際，蒲松煙亦已逼至污穢身前。她高高躍起，手持泛著耀眼寒光的三叉戟，猛力戳刺進污穢的前額位置。

就只差那麼一丁點距離，蒲松煙就能將自己的契靈送進污穢體內。然而污穢巨大的螯足擋下了她的攻擊。

堅硬的甲殼不只攔阻了蒲松煙的三叉戟，還震得她虎口一麻。眼見另一隻鋒銳的螯腳朝自己疾速靠近，她當機立斷，借用那反彈的力量往後躍退。

嚇人的螯腳只夾到了一團空氣。

「煙姊，我做好準備了！」蒲公瓔抬起手，召出了自己的契靈。

無數白色細針組成一個圓形球體，球體下是一根更粗長的白針，遠遠看去，就好像一株放大版的蒲公英。

蒲公瓔手臂微動，聚成球體的白針登時如暴雨灑出。

蒲公瓔相當了解自己的能力，她的契靈看似危險，但如果碰上體積龐大的污穢，卻難以造成致命的傷害，通常都得和身邊的搭檔配合行動。

眼見白針鋪天蓋地地落至污穢身上，在沒有被硬甲覆蓋住的軟肉上插得密密麻麻，蒲公瓔抓準機會，提聲高喊。

「煙姊，就是現在了！」

說時遲、那時快，蒲松煙提著三叉戟如一陣來勢洶洶的風暴。沒有錯過小堂妹為她爭來的空隙，幾個踏步便躍上高空，腰肢一個下彎，三叉戟瞬間脫離她的手指。

捲起尖銳的音嘯，劃過雙色的世界——

狠狠地刺入了污穢的頭顱！

近兩公尺長的三叉戟不光沒進了污穢的腦袋，還挾帶雷霆之勢，直接貫穿了污穢的上半身，僅留些許柄端暴露在它的體外。

蒲松煙俐落地回到地面，落地的身姿矯健又靈巧，幾乎沒有發出絲毫聲響，就像一頭優雅的豹子。

蒲公瓔小跑步到蒲松煙身邊，她們毫不意外地見到污穢眼中白火頓滅。這種程度的污穢，對她們而言根本稱不上難事。

下一剎那，單一色彩的地面上散落著多枚剔透的花葉結晶。

污穢徹底被消滅。

「把結晶收起來，我們去吃蛋糕吧。」蒲松煙揚起颯爽的微笑，連滴汗也沒流，好像剛剛的戰鬥在她眼中連熱身都稱不上。

「最愛妳了！」蒲公瓔歡呼一聲，把能夠換成獎金的結晶全數收好，看也沒看路旁的雨傘和書籍一眼，興沖沖地又跑向了蒲松煙。

巷弄裡恢復了原本色彩。

蒼白的雪不知何時再度靜靜飄下，落在了被污穢踩得稀巴爛的傘上、書上、地面上⋯⋯

細雪依舊紛飛的隔天，黑裊沒有等到木花梨所說的明天見。

從這一天開始，木花梨就像從世上蒸發一樣，失去了蹤影，誰也聯絡不上。

第六章

二年七班的教室裡，誰也不敢貿然接近某處角落。

那裡坐著一個就算是待在室內，也要將連帽外套的兜帽拉起，將自己面容隱在陰影下的雙馬尾少女。

她的眼色與髮色相當淺淡，像是色素從她的身上被剝離了一層，讓她整個人即使身處日光下，也透出一股讓人不敢靠近的陰森感。

黑裊的臉色比起以往還要更加陰沉。

她的同學忍不住猜想，難不成學校裡還有誰敢找她的麻煩？

一來她是除魔社的一分子；二來是她那懾人的眼神與環繞周身的陰冷氣氛，皆令人不願和她正眼對上。

黑裊這個人，太詭異了，詭異得連同班同學平時都會與她保持距離。

一雙雙眼睛此刻正驚疑不定地注視著座位上的黑裊，她的桌上放著一顆水晶球，彷彿無視周遭人的存在，聚精會神地凝望著剔透的球面，微微開闔的嘴唇如同在喃唸神祕的咒語。

所有人都在猜想黑裊究竟在占卜什麼？

她發生什麼事了？

爲什麼看起來……像是下一刹那就會詛咒她身邊人的可怕模樣？

事實上，還眞的有一部分人相信黑梟懂得詛咒的方法。

但旁人的看法此時都與黑梟無關，她一心只想從自己的水晶球中得到一個答案。

花梨學姊在哪裡？

自從昨日與木花梨分開後，黑梟就一直懷著興奮難耐的心情，甚至都有些失眠了，只好帶著淡淡的黑眼圈來到學校。

可是她沒有在除魔社看到木花梨，三年級的教室也沒有，學校的任何一個地方都沒有。

她聯絡不上木花梨。

不只是她，除魔社沒人能夠聯絡得上她。

時衛的臉色不太好看，而在他打電話詢問過木花梨家人後，他的臉色當下轉爲鐵青。

「阿姨說花梨昨晚就沒回家。」時衛當時繃得緊緊的聲音好似仍在黑梟耳畔迴響，「她以爲花梨是像之前一樣，因爲參加社團活動才沒有回去的。」

時衛自然沒向木花梨的母親說出眞相，而是繼續讓對方誤以爲木花梨現在人就在學校。

木花梨無預警失蹤，在除魔社掀起了巨大的波瀾。

她不可能無緣無故就斷了和所有人的聯繫，把自己藏得不見蹤影，加上之前梁青黛等人被千種皮綁架的事仍歷歷在目……

除魔社眾人不想往最壞的方向想，然而至今所有的線索，無一不是指向他們不願承認的那個答案。

木花梨的失蹤，很可能與冰雪女王有關。

黑梟對那名魔女的企圖毫不在意，她也不想知道對方有什麼計謀，她心心念念的就只有木花梨的下落。

時衛向木花梨的家人確認過了，木花梨昨晚未曾返家，而她最後出現的地點，就是在小書屋。

黑梟後悔萬分，每每回想起如果她能再尾隨木花梨回家，說不定對方就不會遭到危險。這份懊悔讓她的五臟六腑像被烈焰狠狠燒灼，令她難以呼吸，尤其心臟更像是被無形的力量掐得緊緊的。

都是她的錯……是她的錯。

倘若她不聽花梨學姊的話，跟在後面，陪著她一起回家就好了。

得知自己的學生有極大可能被冰雪女王帶走，澤蘭也不再強制要除魔社好好留在學校，就讓他們直接做想做的事。

澤蘭明白，這時候與其限制他們的行動，不如讓他們活動起來，儘可能地讓自己不要胡思亂想。

由於小書屋是木花梨昨天放學後去的最後一個地方，時衛果決地下達指示，讓除魔社眾人分頭尋找，仔細搜索任何一條木花梨可能從小書屋返家的路線。

但是一旦入了夜，就必須結伴而行。

根據記錄，污穢最主要的出沒時間便是夜晚，如果真的撞上冰雪女王，務必馬上通知他人，說什麼都不得逞強。

時衛這次並沒有特別針對毛茅交代，他很清楚，毛茅在正事上懂得拿捏分寸。

毛茅喜歡冒險和危險，卻不代表他會為了這些讓他重視的人為自己擔心。

還沒等到放學，澤蘭便睜一隻眼，閉一隻眼地讓除魔社眾人展開搜索。

黑梟抬頭望了眼天空，徘徊在榴岩市上頭的灰暗彷彿永遠不會有散去的一天。

怪異的白色雪花又開始緩緩飄下。

黑梟抬起手，看著其中的幾片白絮落到了自己掌心，眨眼又消融成水。她猛地握緊手，淺灰色的眼瞳閃過了凌厲。

這些煩死人的雪。

只有最為明媚的天氣才適合花梨學姊。

隨手抹去掌心間的濕漉，黑梟拉下總是習慣戴著的兜帽，一張蒼白得沒有血色的臉孔冷厲得可怕，不再藏於兜帽製造出的陰影之中。

黑梟走得很慢，她怕自己漏掉路上任何一絲可能與木花梨有關的線索。

少女倏地停住了腳步，她注意到路邊靠牆處竟微微閃著光，走上前蹲下查看，發現這裡赫然結了一層薄薄的冰。

這個溫度下，絕對不可能會自然成冰的。

只有一個可能……

黑梟眼神一凜，登時提高警戒掃視周圍。

下一剎那，她瞪大眼，淺灰色的瞳孔猛地收縮——她前方出現了一抹再熟悉不過的人影。

窈窕纖細的少女有著一頭滑順的橘色長髮，落在黑梟眼中宛如是最耀眼的焰火，讓她像飛蛾一樣，只想義無反顧地撲上去。

「花梨學姊！」黑梟急切地大喊，「花梨學姊！」

她說話總是細聲細氣的，鮮少情緒激動地拔高嗓子，當下用盡力氣喊出來的聲音頓時顯得異常尖銳。

可是以往連她細若蚊蚋的喃喃都不會忽視的木花梨，這一刻竟是頭也未回，就像是真的沒聽見有人在身後喊著自己。

「學姊！」黑梟哪能眼睜睜看著對方從她面前消失，想也不想地拔腿就追。

詭異的是，木花梨走路的速度看似不快，可黑梟卻始終無法拉近彼此間的距離。

「花梨學姊！」黑梟只覺嗓子發疼，一直佔據在心口的懊惱如火焰往上燒灼，燒得她喉嚨疼痛不已。

然而無論她怎麼嘶聲呼喊，那抹勝過一切色彩的人影就是不肯回頭。

眼看木花梨的身影就要消失在前方轉角後，黑梟心中更急了。她心焦如焚地伸長了手臂，極力想要一把抓扣住木花梨的肩膀。

——卻還是落了空。

她的手指連碰觸到木花梨的髮絲都還來不及，含帶重重殺機的利風已從她後方逼來。

後頸豎起的寒毛讓黑梟第一時間便察覺到來自後方的危險，她避得倉促，雖然沒有受到實質傷害，可幾縷粉紅髮絲卻是飄落下來。

顧不得突來的危機，黑梟一個箭步衝出了轉角，然後她的一顆心如墜冰窖。

轉角後空無一人，橘髮少女就像平空消失。

「該死的、該死的……」黑梟低聲喃喃自語，抬起的灰眼睛底像凝聚著風暴，要將進入她視野中的敵人碎屍萬斷。

它們看上去有如用冰塊所雕刻出來的巨大人形，手腳部分突出了尖刺，每一根尖端都泛著寒光。

它們矗立在前方路口，就好像無堅不摧的冰之守衛。

黑梟慢慢吐出一口氣，她先是拿出手機，撥給了時衛。

她對那名時刻活像隻騷包孔雀的社長沒多大好感，可她也知道，時衛的確是看透了她。

他知道木花梨在她心中的地位遠勝一切，甚至可能影響她的判斷。

因此時衛要黑梟每半小時跟他聯繫一次，以免衝動誤事。

待手機接通，黑梟冷冷地說，「我在楊柳三巷，看到花梨學姊，現在碰上了像是冰雪女王弄出來的東西。」

也不等時衛有何反應，黑梟逕自掛了電話，開啓回收場。

大把光絲沖天而起，轉眼間，黑梟與冰之守衛周遭已被灰白兩色佔據。

被刷染成灰色的細雪綿綿不絕地下，無聲地飄到了同樣化爲一片淺灰的道路上。

黑梟按下手環上的晶石，暗紅色的戰鬥服瞬間取代了身上的榴華制服，裝飾著齒輪的黑色小禮帽歪斜地戴在頭上，纖細的雙手被硬派的金屬拳套包裹住。

色素淺淡的灰瞳掠過了森冷。

黑梟的攻擊是迅速且充滿爆發力的，就像出鞘的鋒利刀刃，一出手就是鎖定敵人明顯最爲脆弱的弱點而去——

冰之守衛的頸項！

具備人形的寒冰怪物咆哮一聲，齊齊往黑梟衝上。它們身上射出利刺，卻被黑梟敏捷地閃避。

黑梟在漫天冰刺裡看見了一條捷徑，她的身姿迅如疾風，從冰刺與冰刺間的縫隙穿越前進，一晃眼就大幅度地縮短了與其中一個冰之守衛的距離。

黑梟的拳頭凶悍狂暴，一拳就轟碎了迎面而來的粗大冰刺。

閃爍著森冷光芒的金屬拳套一往無前，轟碎冰刺後持續直衝，重重地擊上了敵人肩胛。

大塊寒冰頓時碎裂。

既然沒有一擊命中，那麼就來第二擊、第三擊……

黑梟的拳頭在第三擊時毫不客氣地轟上了一個冰之守衛的下巴，繼而把它的整顆腦袋轟成了碎片。

冰碎的聲音在灰白世界裡異常刺耳。

解決掉一個敵人，黑梟迴身，一腳迅猛地踹上了想要偷襲她的另一個冰之守衛。

這一記踢踹沒有帶給敵人太大傷害。

黑梟要的也只是讓對方與自己稍微拉開距離。她猛地再往後退，接著蓄滿十足十的力道，如同一枚噴射的火箭朝前衝出。

左手的金屬拳套雷霆萬鈞地打掉了冰之守衛的腦袋，右手的金屬拳套正中它的心口。鋒銳的指爪從拳套裡彈出，深深地沒入了敵人的心口深處——

破壞核心！

高壯的寒冰怪物踉踉蹌蹌，像喝醉酒的醉漢走出歪斜的路徑，隨即「砰」地倒地。

冷眼看著那些大大小小的冰塊轉瞬化水，再滲入了道路底下，黑梟關閉回收場，讓此區色彩恢復正常。

就在灰雪轉爲白雪的刹那間，黑梟摀著嘴，不敢置信地倒吸了一口氣。

比春天還要亮麗的人影不知何時出現在不遠處。

黑梟眼眶發熱，紅了眼睛。

「黑梟。」木花梨的嗓音如此溫暖，她向黑梟伸出了雙手。

黑梟心頭顫了顫，與剛才面對冰之怪物的凶暴截然不同，此刻的她褪去所有稜角，在木花梨面前展現出的唯有乖巧溫馴。

她起先是慢慢地走，然後步伐加快，越來越快……她奔跑至木花梨面前，氤氳的淚水在眼裡打轉，又死命地忍耐住，不想讓對方被自己的淚水嚇到。

木花梨的指尖撫上了黑梟的臉頰，帶著前所未有的親暱與柔情。

黑梟的腦海只來得及掠過「學姊的手好冰」這個念頭，接下來她就完全無法思考了。

木花梨捧著黑梟的臉，柔軟如花瓣的嘴唇貼上了她的雙唇。

那是一個輕柔的吻。

黑梟瞪大了眼，感覺有個冰涼的物體順著她的喉嚨滑下，落入了她的肚子裡，突如其來的寒意沿著她的血管暢流到四肢百骸。

難以言喻的寒冷似乎凍住了她所有感官。

最後烙印在黑梟眼中的，是木花梨美麗的笑顏，還有那雙霍然被銀白染色的眼眸。

時衛趕來了楊柳三巷，然而迎接他的，卻只有一隻縫線歪歪曲曲、五官猙獰的星星布偶。

黑梟向來不離身的手縫冥王星寶寶，孤伶伶地掉在巷子裡。

它的主人卻不見了蹤影。

時衛臉部線條冷峻，桃紅色的眼裡覆滿陰霾。他握緊拳，狠狠地搥了路旁的圍牆一下，疼痛迅速從他的手蔓延開，這份痛覺卻遠遠比不上他的心冷。

時衛閉了下眼再睜開，冰冷憤怒的火焰在他心口悶燒。

繼木花梨之後，黑梟成了除魔社第二個失蹤的人。

除魔社眾人近日東奔西跑，一放學，他們就像連多逗留一秒也不願意，毫不遲疑地衝出了校門，在校外展開搜索。

即使是項冬、項溪也擱下了他們以往最熱愛的打工，將全副心力都放在尋找木花梨與黑梟上。

木花梨和黑梟都失蹤了。

沒有消息、沒有聯繫，彷彿突然間在世上蒸發了。

但是毛茅他們知道，木花梨和黑梟都不是無故失蹤，而是那名最後的魔女對她們出手了。

——冰雪女王。

偏偏榴華分部本就人手吃緊，眼下更是無力調派出人手協助。

協會總部的支援要在兩天後才有辦法抵達。

這幾天毛茅早出晚歸，黑琅早就心疼死自家的鏟屎官了，他毫不客氣地點名了自己的頭號小弟幫忙。

而時玥雪也從時衛透出的不對勁，得知了除魔社居然有兩名成員下落不明。

有了海冬青與時玥雪加入，澤蘭直接把現有人員拆分成兩兩一組，他和伊聲也一塊加入了搜尋的行列。

即使是入夜後，細細的白雪依然不斷撲簌簌地下，下得令人心煩意亂。

黑琅瞪大著眼，眨也不眨地看著即將落到自己鼻頭上的雪花，隨即快如閃電地揮出爪子。

雪沒打到，倒是刮到了自己的鼻尖。

黑琅惱羞成怒地踩著地面上的冰出氣。

「大毛，別玩冰了。」毛茅的聲音從前頭傳來。

「朕哪有在玩？朕分明是在熱身！」黑琅不悅地喊道。

「是是是。」毛茅的回應聽起來很敷衍，沒多理會自家寵物，他將目光轉向了另一邊的高甜，「高甜，有什麼發現嗎？」

容貌找不出一絲瑕疵的黑長髮少女搖了搖頭。

毛茅今晚與高甜一起行動，再加上非跟出來的黑琅，兩人一貓如今身處楊柳五巷附近。

距離黑梟最後出現的楊柳三巷不算太遠。

楊柳三巷早已被細細搜查過了，只可惜一無所獲。因此除魔社決定以它為中心，朝外逐步拓展搜尋範圍。

不過找著找著，毛茅忽然覺得這地方有些似曾相識，好像他們曾來過這裡……

「高甜，我們之前有經過這裡嗎？」毛茅問，「我怎麼對楊柳五巷有點印象……」

「來過。」高甜說，「你差點在這裡摔跤，從榴華分部回來的那一天。」

經高甜一說，毛茅頓時有了印象，「啊，我想起來了，這裡是不是還有黴斑？不知道現在變得怎樣了？大毛，你玩冰的時候順便幫我們看一下冰下面有沒有黴斑，我護目鏡借你。」

「嘖，就說朕沒在玩，是在熱身……」黑琅嘴上抱怨的同時，腳掌的利爪不客氣地在冰上刨出冰屑，然後又加重力道，以普通貓咪根本不可能會有的蠻力破開了冰層。

黑琅打了個噴嚏，覺得這時候沒有毛絨絨實在太無聊了。

不然他就能將這些冰塊塞進他的衣服裡，或是命令他變回鳥，再把他埋進冰裡面。

沒有玩伴（玩具）果然是空虛的。黑琅板著臉，叼住毛茅一鍵換裝後再扔來的護目鏡，將它掛在臉上。他慢吞吞地沿著路邊走，一雙在夜晚也能清楚視物的眼睛銳利地掃視，不讓黴斑有逃過他雙眼的機會。

黑琅很快就發現青白色的斑紋。

小小一塊，頂多巴掌大。

怎麼看都構不成威脅。

黑琅沒多在意地繼續前行，昂首闊步的姿態就像是國王在巡視他的領地，直到他看見了第二塊、第三塊……

它們分散在不同位置，同樣都是青白色的，同樣都是小小一塊。

同一個地區同時孕育了兩隻污穢，不是罕見的事。

但這才短短一條路，卻有三個孢子囊藏在附近，這可就不太尋常了。

「毛茅。」黑琅停下腳步，「你說的黴斑，是有幾個？」

「唔，一個吧？」毛茅確認似地望向高甜，當日是高甜先發現的。

「一個。」高甜語氣肯定。

「朕看到了三個。」黑琅說，「都小小的。」

第一時間，毛茅與高甜以為自己聽錯了，他們不約而同地回過頭。

蹲踞在路邊的黑琅點了點頭。

「不是吧……」就算毛茅再怎麼熱愛刺激和挑戰，也不願意在這時候聽到這裡孕育了三隻污穢。

因為這太反常了。

毛茅的直覺告訴他，這個反常將為榴岩市帶來令人相當不愉快的影響。

下一剎那，毛茅的直覺驗證了。

在楊柳五巷的兩人一貓，同時聽見清脆的裂響在空氣中炸開，劈里啪啦，像是有什麼東西一口氣全部碎裂。

起初他們下意識地看向左右屋子窗戶，但那些窗玻璃全都好好的，丁點裂痕也沒有。

他們猛然看向前方。

一口氣全部裂開的，赫然是楊柳五巷兩邊的冰層！

寒冰迸碎，離得最近的黑琅差點被波及，他及時躍開，三兩步奔至毛茅身邊。

然後它們，出現了。

一、二、三，三隻相貌駭人的怪物平空矗立在地面上。它們的外形就像由多種動物的部分拼組而成，有的是鳥頭而尾巴卻又拖了一顆蛇腦袋，有的像是覆滿尖刺的大型娃娃魚；有的則是三頭六臂，每顆頭顱還是不同種的野獸腦袋。

唯一的共通點，在於它們的漆黑眼眶裡，燒灼的皆是蒼白色的火焰，說明了它們是——污穢。

毛茅抽了一口氣，他寧願自己直覺不準，可偏偏眼前的這一幕，打破了他的期望。

饒是對事物一向冷淡以對的高甜，也不由得變了神色。

依照黑琅所說，他發現的是三塊小小的黴斑。那代表著污染度還不嚴重，藏匿在某處的孢子囊在短時間內都不可能成熟。

但是，污穢卻瞬間誕生了。

毛茅舔了舔嘴唇，覺得嗓子微微乾澀，「高甜，我不確定妳想的有沒有跟我一樣……」

「是冰。」高甜直截了當地給出了自己的答案。

她和毛茅確實是想到了同一個方向。

正是冰破了，污穢才陡然現身，換言之……

那些冰，加快了黴斑成熟的速度。

「我忽然又有個不妙的想法。」毛茅將黑琅扔回的護目鏡掛至貓耳帽上，「扣掉榴華分部，冰雪女王的大本營……榴岩市裡還有多少個地方像這裡一樣，也是結了冰的？」

高甜無法回答這個問題，她直接採取了行動。

隨著周遭褪掉大半色彩，只留下淺紫和暗綠刷覆在所有眼所能及的物體上，高甜已經完成了一鍵換裝。三柄長刀轉瞬從她腳下翻騰的影子裡飛竄出來，像三道疾速閃電，凶悍地劈向了三隻污穢。

與此同時，毛茅將貓耳帽拉了拉，眸裡竄出的火焰比一切事物都還明亮鋒利。

毋須毛茅出聲，黑琅即刻散化成一片黑霧，霧氣眨眼就在毛茅手中凝成黑得發亮的長鞭。

毛茅與高甜並沒有事先商量，但他們之間彷彿存有默契，兩人迅速選擇一隻污穢作爲自己的獵物。

至於第三隻，誰先打贏了就誰先上。

「雖然打怪可以賺錢，但這種大放送，老實說我還眞不想要啊！」毛茅飛快跳起，踩著牆面疾走，手中長鞭如矯健的蛟龍，猛地纏住了污穢的蛇頭尾巴。

那隻碩大的綠蛇甚至還來不及張大嘴巴對毛茅露出利牙，纏捲在它上面的黑鞭已經冒出片片光刃，一下便粗暴俐落地絞下了它的腦袋。

沒了蛇尾，污穢的戰力頓時減去大半。

污穢被毛茅的動作引燃了憤怒，它發出尖銳的鳴啼，展開背後雙翼，斑斕色彩的羽毛如一支支利箭，從四面八方將毛茅包圍。

面對這宛若天羅地網般的攻擊，毛茅卻只是咧嘴一笑，黑鞭在他手中疾速舞動，快得讓人捕捉不到鞭影。

似乎只是一晃眼，那些衝著毛茅而去的羽毛全被打落在地。

抓住污穢震驚而愣神的瞬間，毛茅的鞭尾捲住對方的一隻翅膀，一個縱躍就落到了對方身上。

污穢甚至來不及將身上的重量甩掉。

毛茅遊刃有餘地將鞭子纏上了污穢頸項。

第二顆腦袋被俐落地絞掉，連帶埋在其中的核心也一併粉碎。

毛茅解決污穢的速度快，不過這一次，高甜比他更快。

有著「六花」之名的六柄長刀挾帶驚人的凌厲氣勢，眨眼間便逼至了那隻形如巨大娃娃魚的污穢，刀尖滑過利刺與利刺間的間隙。

快狠準地捅入了污穢的血肉裡。

污穢昂起腦袋，控制不住地發出痛苦的嚎叫。它的身上此刻除了尖刺外，還插著六把長刀，乍看下反而更像隻怪異的大刺蝟。

高甜心念再動，六花瞬間貫穿了污穢的整具身軀，在它身上洞穿了十二個洞。

高甜沒有再投予一絲注意力給那隻污穢，她腳步飛快，暗紅裙襬就像一道颳起的風暴，朝著最後一隻污穢肆虐而去。

「啊啊，高甜的動作也太快了吧？」毛茅從失去腦袋的污穢身上跳下來，抓緊黑鞭就是靈活一甩。

黑亮的長鞭自動延長，鞭尾在高甜抓住飛來的一把長刀之際，同時也沒入了那隻三頭污穢的其中一顆腦袋，再從燃著白火的一邊眼洞裡穿了出來。

長鞭迅速再縮短，一口氣將毛茅送到了污穢跟前。

「嗨，醜八怪。」毛茅雙腿夾住了那顆被黑鞭貫穿的頭顱，腰桿一扭，整個人就像一條滑溜的魚，從污穢身前翻轉到了污穢身上。

毛茅金眸灼亮。

高甜的黑瞳溢著狂氣。

下一秒，黑鞭與長刀銳不可擋地沒入了污穢體內，直到其中一方捅碎了核心——

片刻之後，淺紫色的路面上只留下了閃耀著光輝的花葉結晶。

毛茅拉開背包袋口，將結晶俐落地全丟進裡面，就在此時，他的手機猛地震動。

不只他，就連高甜的也是。

他們的社團群組瘋狂地跳出了一串訊息。

毛茅與高甜對視一眼，毫不遲疑地飛奔向他們共同目的地。

除魔社！

第七章

社團的人幾乎都齊了。

除了至今無消無息的木花梨和黑裊。

一瞧見門口的學弟、學妹，白烏亞朝他們招招手，要他們過來坐在自己旁邊的座位。

會議室內的氣氛格外凝重嚴肅。

毛茅將裝滿結晶的包包往旁一扔，拎起黑琅往白烏亞大腿一塞，再小小聲地問道。

「烏鴉學長，現在的情況是？」

毛茅一邊想弄清楚眼下局面，一邊伸手按住想要掙動的黑琅，讓白烏亞可以好好地擼個貓，有助於心情放鬆。

「放開！放開朕！朕要把你們全拖去砍了！」黑琅憤憤不平地扭動著身軀，像一條黑漆漆的火腿腸，「朕尊貴的肉體豈是爾等凡人能夠隨意碰觸的……毛茅，你怎麼可以如此對待朕！」

他沒有壓低的聲音反倒打碎了會議室中原本的沉重。

湊在筆電前的伊聲與澤蘭同時抬起頭，眼神掃視一圈，確認外出搜查的社員們皆已趕回。

澤蘭站起身子，「有很不好的消息，跟勉強算好一點的消息，你們想聽哪個？」

「不好的消息。」項冬說。

「勉強算好一點的消息。」項溪說。

這對似乎嚴重缺乏默契的雙生子話聲落下後，立刻瞪了對方一眼，像在指責對方的選擇。

「不好的消息……我想是跟街上的冰有關，對吧？」毛茅問道：「我剛跟高甜在楊柳五巷，之前那邊原本只發現一處污染的黴斑，可是今天我們再過去時，變成了三處。」

「污染面積都很小，照理說無法誕生污穢。」高甜接下話。

「但隨著路邊冰層破裂，它們也瞬間成熟了。」黑琅終於放棄從白烏亞和毛茅手下掙脫，氣喘吁吁地說，「三隻看起來很難吃的污穢就出現了。」

「嗯，眞的看起來一點也不好吃，全都像突變種的動物。」毛茅回想之前還有像魚的污穢，雖然也醜了點，但沒爛掉的部分似乎還挺鮮美的。

「管它們長得好不好吃，那種髒東西你居然還想吃下肚嗎？」時衛嫌惡地皺皺鼻子，「小不點，我開始懷疑你長不高就是亂吃莫名其妙的東西了。」

「我只是想想，還沒眞的吃過啦，而且也吃不到嘛。」毛茅一攤雙手，「污穢的核心破了，身體也就消失了。」

項冬、項溪有志一同地翻起白眼。所以要是沒消失，他就眞的要開吃了對吧？

「別亂吃。」白烏亞投給小直屬不贊同的一眼，再向兩位社團指導老師報告起他和時衛那邊碰上的情形。

與毛茅他們大同小異，只是沒有一口氣碰上那麼多隻污穢而已。

「我們這裡也是差不多。」項冬舉起手，「我弟弟差點還扯我後腿。」

「胡說，差點扯我後腿的明明是你這個做弟弟的。」項溪不甘示弱地回擊。

「如果這時候還想要兄弟鬩牆的話，信不信我把你們兩個紫芋饅頭直接丟出去？」伊聲低沉警告。

沒人想挑戰伊聲的權威，兩個「紫芋饅頭」登時乖乖閉上嘴巴了，不過他們還是暗中以眼刀較勁。

伊聲不再理會那對兄弟，「全市都出現類似情況，根據『刷一刷』的偵測，已經確定的共有八處。」

「扣掉我們三組碰上的，也就是說，最少可能還有五隻污穢……這可眞的是，污穢大放送了啊。」毛茅皺著可愛的臉蛋，「我還寧願是洋芋片大放送呢。伊老師，那其他的污穢現在……」

「胡水綠那邊勉強再撥出幾個人手去處理了，蜚葉除污社的幹部們負責從旁協助。」伊聲說，「現在最擔心的，就是大放送恐怕不是只有這一波。」

「我們並沒有掌握到如今市裡還有哪些地方結了冰，這些異變顯然就是想打得我們措手不及，然後讓我們疲於奔命。」澤蘭的眉頭鎖得緊緊的，「如果接下來冰雪女王再一口氣讓黴斑污染加速成熟，榴岩市將會陷入恐慌。」

所有人都明白澤蘭的意思。

在這之前，污穢的存在一直都是一項機密，不被一般市民知曉。他們並不知道自己居住的土地上，原來隨時會有怪物誕生。

倘若他們知道了──

「就準備要暴動了。」時衛輕飄飄扔出這句，「然後事情就會變得更加地……一團糟。」

「我們不上課，全心去打污穢的話，會算成是加班，並且有加班費嗎？」項冬一本正經地問。

「順便補助餐費就更好了。」項溪盤算得更多。

澤蘭鬆了眉頭，彎起溫柔的笑容，「會算是曠課喔。」

原本也打著同樣主意的毛茅摸摸鼻子，明智地沒有在這時候開口。

「澤老師，勉強算好一點的消息是？」高甜冷靜地把話題推回原來的軌道。

「讓胡水綠來說吧。」澤蘭將自己的筆電轉向，讓學生們可以看見視窗裡的藍髮人影。

就算正面臨巨大壓力，胡水綠依舊非常細緻地打理自己，從他身上此時看不出一絲疲勞造成的狼狽便知。

外表如同美少女的他瞧見螢幕裡忽然塞進了多顆腦袋，頂多只微皺一下眉，沒有像往常一樣，堅持他只想看見自家女友。

「在跟你們說勉強算好一點的消息之前，我得先告訴你們剛剛又收到的另一條消息。」胡水綠下頷線條收緊，「這條消息前面可以加上三個字，爛透了。」

澤蘭和伊聲眼神一凜，他們還沒從協會那邊收到其他情報。

「多爛？」

「很糟嗎？」

「總不會是有更多的污穢想從別的地方趕來這裡一起開趴吧？」

「說開趴的人是誰？」

「胡老師，我只是隨口說說而已。」毛茅誠實地站了出來，「你不用把我的話當真……等等，不會是真的吧？」

毛茅瞪大了眼，壓根沒想到自己隨意說的話成了現實。

伊聲揉按著太陽穴，心裡想罵髒話，這絕對是一個爛透了的消息沒錯。

防止榴岩市裡的污穢衝著榴華分部而去，已讓現有人手忙得腳不沾地了。接著又發生了魔女的寒冰能夠加速黴斑污染深度，催熟污穢誕生。

現在連外縣市的污穢都想過來……

不，只怕不是想，而是在過來的途中了。

它們都想要爲強大的人形污穢獻祭。

它們想要成爲冰雪女王的血肉、養分、力量。

「這時候就希望污穢間的相處不要那麼和平了。」毛茅苦惱地大嘆一口氣，「來個下剋上之類的不是更好嗎？」

「下……剋上？」白鳥亞似乎是第一次聽到這個詞彙。

「就像社長受不了澤老師的暴政，然後奮起把他推翻之類的？」毛茅舉了個例子。

「原來如此。」白鳥亞恍然大悟。

「胡鬧，別亂舉例。」伊聲走到毛茅身旁，不客氣地敲了他一下腦袋，「你當榴華雙虛眞有那多餘的力氣嗎？下剋上指的是低階的人利用各種手段，好取代上面的人。烏鴉，不要你的直屬說什麼你就信。」

白鳥亞溫馴地點頭，不過其他人都看得出來，下一回他還是會相信的。

「眼下我們的確是比任何人都希望污穢自己內鬨，但顯然這是不可能的。」胡水綠說，「那些朝榴岩市過來的污穢們，等級比一般污穢還要來得高，各地的除穢者正設法攔阻。換句話說……」

澤蘭的一顆心沉了沉，「協會那邊分身乏術了？他們沒辦法在兩天後送來支援嗎？」

「時間被迫推遲了。」胡水綠的神情也不好看，最後的這個魔女著實比他們設想的還要棘手太多了。

她輕而易舉地就讓榴華分部陷入了孤立無援的狀態。

並且，讓騷亂從榴岩市擴展到更多地區。

「不是還有一個勉強算好一點的消息嗎？」黑琅趁白烏亞鬆手之際，輕巧地跳上了長桌，不客氣地將自己的腦袋霸佔在筆電螢幕前。

胡水綠的美感讓他無法直視那坨塞滿他視窗的黑漆漆。

毛茅眼明手快地把黑琅拖了回來，「胡老師，那個消息究竟是……」

「除了正面破冰進攻之外，還有一個更簡單的辦法能夠進入榴華分部。」胡水綠抬起手，不讓震驚的學生們有插話的機會，「之前不提，是因爲那個簡單的辦法稱不上是好的辦法。相反地，它很危險。」

胡水綠沉默片刻，還是將壓在心底的緊急方案說了出來，如果可以，他並不希望用到這個方案。

可惜時間的急迫性已經不再允許他有所保留。

「每個分部其實都有一條只有分部長才知道的密道，我們榴華分部自然也有。只不過會碰上什麼，不知道；會有什麼危險，不知道；能不能再出得來……」

胡水綠吐出一口氣，面容冷靜得近乎冷酷。

「不知道。」

那輕巧卻又含帶著沉重感的句尾剛一飄下，胡水綠又快言快語地說：

「我會率領部分除穢者從密道進入分部，然後打開分部的結界，這可以將其他污穢阻擋在外面，儘可能地減少它們提供養分給冰雪女王的機會。運氣好的話，或許還能遇上冰雪女王，給她致命的一擊。」

「運氣好的話？」伊聲平靜的語調像在暗示風雨欲來，下一秒，她咄咄逼人地質問，「胡水綠，你是傻了嗎？運氣不好的話，你們是不是就直接給魔女當養分了？擁有契魂的除穢者對她來說相信會更美味的。」

「親愛的，這是目前最好的辦法了。」胡水綠頑固地說。

「不，這是最下下策的辦法。」澤蘭搖搖頭，修正胡水綠的意見，但他的態度卻不是全盤否認，「不過胡水綠說的也沒有錯。」

「澤蘭，難不成你也認同他那個蠢計畫？」

「不能說蠢，只能說風險太高。伊聲，妳自己應該也很清楚，我們時間不夠了。」

沒人知道冰雪女王何時會再讓污穢誕生。

也許明天，後天，也許下一刻。

「拖越久，我們會更應接不暇。」澤蘭慢慢地說，「我們現在要馬上考慮的是，胡水綠要帶哪些人進去？我和妳都不適合。」

他們倆的契魂早就衰竭，應付一般污穢還可以，面對冰雪女王只怕是心有餘，力不足。

當初澤蘭能夠成功狙擊人魚，最主要還是在於人魚早已是強弩之末。

都是社團老師的三人開始爭論起適合的人選，幾乎忘了還在另一邊的學生們。

直到一道稚氣嗓音介入。

「老師，你們覺得我怎樣？」

毛茅直直地舉高了手，引來所有人的目光。

紫髮男孩坐在位子上，笑得一臉陽光燦爛，眼裡閃動的是滿滿自信。

「我覺得我非常適合呢！」

雖然毛茅只是實習生，根本不是正式除穢者，但他的確順利成爲了入侵計畫的一員。

原因很簡單，在於他奇特的體質。

別說是一般污穢，就連喜啖食血肉的魔女都拒絕將他列爲食物名單。

套一句毛絨絨曾經說過的，毛茅簡直就是污穢界的黑暗料理吧。

至目前爲止所碰過的污穢、魔女，除非毛茅先蓄意挑釁，否則它們都是對毛茅視若無睹，逕自去尋找更好的獵物。

這個特質，確實是胡水綠他們眼下非常需要的。

畢竟能夠神不知、鬼不覺，不引起敵方注意地潛入榴華分部是最好的。

而毛茅要去，黑琅自不可能放他一個人，當下便霸氣十足地用他的貓肉球拍了拍桌面。

「朕可是毛茅的監護人兼寵物兼心靈上絕對不能缺乏的重要存在！誰敢拆開毛茅和朕，朕就在他的臉上抓出一個『滾』字！」

出人意表，黑琅竟然還點名了白烏亞，要他務必也加入這場潛入行動。

要知道，因爲姓名諧音和鳥類一樣，黑琅可是看白烏亞最不順眼，但他給出的理由輕易說服了伊聲等人。

「這隻白烏鴉不是之前曾被人魚纏過嗎，雖說已經過了一陣子，人魚留在他身上的氣味也很淡了，不過有那麼一點點，也就夠了。他進去敵人的大本營，被發現的機率會比其他人再低一些。」

有了毛茅與白烏亞，被公認戰力最強的高甜當然也入選。

剩下的項冬、項溪彼此看了看，秉持著要把工作做好，保護好雇主的兒子，也默默地同時舉起手，表達他們也想入選的渴望，結果——

被伊聲冷酷地打了回票。

既然要儘可能低調地潛進榴華分部，放太多顯性傢伙豈不是像舉起火把，高調地宣傳這裡有好吃的可以來享用。

時衛則是很乾脆地把自己排除在戰力外，他的天賦是把雙面刃，可以讓他看見契魂，卻也讓他無法使用契靈太久。

他把自己定位成機動人員。

這邊除魔社敲定好了初步人選，另一邊的胡水綠也叫來了海冬青與時玥雪，讓他們一併在榴華分部外會合。

這是一個很倉促的計畫，但是胡水綠等人不得不這麼做。

因爲，時間是不等人的。

在他們商議的過程中，胡水綠又接到通知，已經確定有數個高階污穢避開除穢者的圍擊，進入榴岩市了。

只怕再過不久，就會抵達榴華分部。

這一天的黑夜，給人的感覺異常深沉，像要壓得人喘不過氣，星月全被連日不散的烏雲遮蔽。就算榴華分部周遭架起了巨型照明燈具，充分的光源卻也驅散不了那股壓抑的氛圍。

破冰工程在稍早前徹底停止了。

等到毛茅他們趕來，胡水綠便將所有人聚集起來，簡單扼要地交代他們今夜的計畫，並且每個人分派一個通訊器。

全部派得上用場的戰力分為甲、乙、丙三組。

甲組嚴守榴華分部，等待即將來襲的高階污穢。

乙組前往市區，與胡水綠聯絡上的退役除穢者一同行動，一旦發現有污穢被催生，即刻殲滅。

最後的丙組，便是肩負起潛進榴華分部的任務，有毛茅、白烏亞、高甜、黑琅，再加上胡水綠。

澤蘭和伊聲負責坐鎮現場，代替胡水綠指揮調度。

乙組的人很快就動身了，甲組的人也各自就位，除了蒲家姊妹。

蒲公瓔怯怯地拉著堂姊的袖子，像是想安撫對方明顯露出的怒氣，卻又不知如何開口。

蒲松煙的眉毛挑起凌厲的弧度，「最後一組聽起來簡直像兒戲。胡水綠，你在拿我們開玩笑嗎？我承認高甜很有實力，白烏亞也不算差。但是那個紫頭髮的小鬼和那隻胖得要死的黑貓是怎麼回事？」

「喵！」黑琅火大地朝蒲松煙露出森白利牙，連爪子也亮了出來。他最恨有人說他胖。

原先走遠的榴華除魔社三人與蜚葉除污社兩人，注意到這邊的動靜後頓時又折返回來。

海冬青那過於高大的身軀立刻擋在黑琅身前，深藍色的眼瞳冷厲得連身爲成年人的蒲松煙都差點被逼退一步。

「胡水綠，煙姊沒有惡意的……你怎麼能讓你的學生對她這麼不禮貌？」蒲公瓔眼眶微紅，爲自家堂姊抱不平，「煙姊明明是在爲整個分部著想……魔女的力量有多強大，相信你一定也知道的，可是你卻帶著……」

「我是分部長，我很明白我在做什麼。」胡水綠不給蒲公瓔說完的機會，沒了甜美點綴的面龐，此時看上去異常冷酷，「不聽從指揮就退出我的地方，我的學生們也不是妳們可以隨便指責的。」

「同樣地，我們的學生也是。」伊聲從充當基地的廂型車裡探出頭，「省去說廢話的時間，有這閒工夫不如趕緊去做正事吧。」

「你們！」蒲松煙惱火地怒視著有如一搭一唱的胡水綠和伊聲，她攢緊了拳頭，覺得他們分明故意針對自己，「你們到時候就不要後悔自己的……」

蒲松煙最後兩字還沒撂下，怪異的鳴響瞬間籠罩榴華分部上空，尖銳又響亮，一下下地擊打著所有聽聞者的心頭。

簡直像是空襲警報不停在空中迴響。

同一時間，所有人的手機跳出了通知。

「刷一刷」瘋狂地閃動提示，多個紅點在螢幕上閃動。

高階污穢來襲！

「動作快！」

伊聲和澤蘭的神情瞬凜，立刻急急催促胡水綠他們，務必要讓他們在高階污穢降落此地之前，進入那條能通往榴華分部內部的密道。

「這裡就拜託你們了。」胡水綠不敢浪費時間，朝毛茅等人做了一個手勢，一行人迅速奔往密道所在方向。

在澤蘭的示意下，兩社社員們一併跟上，保護他們在這段路程中不會碰上任何意外。

「煙姊，我們也過去吧……」蒲公瓔抓住蒲松煙的手，「就算胡水綠的決定多麼不理智，但大局爲重，我們也要好好盡到我們身爲除穢者的職責！」

「妳說的對！」蒲松煙加快腳步，與堂妹追上了前方的部隊。

胡水綠等人的運氣很好，當他們跑到密道入口前，污穢都還尚未眞正到達，唯有令人心驚膽跳的咆吼聲不斷迴盪在榴華分部的四面八方。

密道的入口是誰也沒想到的地方，這一帶正好還是蒲家姊妹負責的區域。

黑琅瞪大了眼，要不是顧忌著旁邊還有不曉得他身分的蒲家姊妹在，估計就要震驚地大叫出聲了。

朕趴過的樹，竟然就是密道入口⁉

毛茅一看清這處角落也意會過來，這不就是之前他和高甜、白烏亞初次見到蒲家姊妹的地方？

那時候黑琅還從那棵大樹上摔下來呢。

看似普通的大樹，在胡水綠走上前、於不同地方敲打幾下後，樹幹上倏地浮現縫隙，接著一扇門顯露了出來，在眾人驚訝的注視下開啓……

門內一片黑黝黝的，什麼也看不清楚。

「密道入口……就設在這裡？」蒲松煙像是難以置信，「萬一這棵樹被破壞了呢？」

「事實證明它沒有被破壞。」胡水綠長臂一伸，像拎小雞崽似地將毛茅抓了過來，動作稱不上溫柔地把他連人帶貓一塊踹下去。

黑琅淒厲的叫聲在眾人耳邊遲遲不散。

「胡老師！」海冬青臉色大變。

「別吵。烏鴉、高甜，你們也跳下去。」胡水綠無視海冬青的不滿，目光落向另兩人。

高甜二話不說，直接抬腳跨進密道裡。

白烏亞接著跟上。

「剩下的就拜託你們了。」胡水綠簡潔地說，隨即反手關上了門。

密道入口眨眼間又恢復成普通的樹幹外觀。

伊聲凌厲的聲音下一秒從眾人通訊器內傳出。

「汚穢來了！各就各位！」

「別扯後腿。」項冬用手肘撞了一下項溪。

「你才是。」項溪撞了回去。

兩兄弟一邊不客氣地吐槽彼此，一邊快步地奔往他們被分配到的位置。

「哥哥，您記得要跟好我呢。」時玥雪溫柔一笑，「我們負責的地區比較遠，您千萬別途中就跑不動了。」

「把妳那份沒必要的操心收起來吧，別小看課長的毅力。」就算即將要面對一場硬戰，時衛那從骨子裡散發出來的優雅和貴氣，讓他更像是要去赴一場宴會，「當然，該虛的時候我還是會虛的。」

海冬青又看了看那棵如今顯得尋常的樹木，他私心是更想跟著下去的，可他也不想惹得黑琅不悅。

沒再多看蒲松煙和蒲公瓔一眼，他邁開大步，一言不發地前往他的守備崗位。

「一群沒禮貌的小鬼……」蒲松煙不悅地咂下舌，「不愧是胡水綠那幾個教出來的，他們幾個本身也沒多少教養可言。」

「煙姊，別跟他們生氣，一點也不值得的。」蒲公瓔輕聲安慰，「我們只要做好該做的事就好了。」

「放心，我明白。」蒲松煙點點頭，「我不會忘記正事。」

她們是除穢者。

除穢者的任務就是殲滅污穢。

而最值得她們打倒的最強污穢就在榴華分部裡，她們又怎麼可能會白白放過這個大好機會呢？

第八章

像是獸類的咆哮聲不知何時突然停了。

白色的細雪持續從暗闇的天幕飄灑下來，彷彿要把所有聲音吸收進去。

留在榴華分部外的眾人嚴陣以待，不敢掉以輕心。

而就在下一刻，異變橫生！

細雪猛地變大，平靜的空氣裡捲起了狂風。風雪肆虐中，所有人都看見泛著冷光的寒冰從榴華分部階梯前飛速蔓延開來，立時凍起偌大的廣場。

緊接著，平滑的冰面生出各種嶙峋怪狀的冰刺冰錐，它們張牙舞爪，重重疊疊，乍看下竟宛如凶猛的野獸，隨時會從冰面脫出，展開猛烈的攻擊。

伊聲與澤蘭專注地看著螢幕上的紅點顯示。

越來越近，越來越近……

「來了！」伊聲大喝，「全員注意，開啓回收場！」

伴隨著多處光絲沖上天，大片陰影亦在同一時間籠罩夜空，短暫地隔絕了飛揚的風雪。然後一隻隻龐然大物霍然落地，震出了令人不安的悶響。

澤蘭手指在鍵盤上快速飛舞，在他面前的另一面大螢幕一下被分割出無數個子畫面。

先前設立在榴華分部的監視器，在魔女冰霜的摧殘下，幾乎全軍覆沒。

但胡水綠向其他分部借來了數架飛行監視儀，它們體積小巧，可以在高空中靈活盤旋，將各個位置的畫面即時傳遞過來。

相當於能掌控整個分部外的情況。

而他們同時也要充當甲組人員的眼與耳，隨時給予提醒，掌握最新動態。

「高階污穢共有六隻，它們不同於以往的污穢。盡全力，但別過度逞強，有什麼不對的狀況立刻回報。」

澤蘭溫和又含帶堅定的嗓音自耳機內傳出。

項冬與項溪手指無意識地搓了搓，忍住想撫上耳機，切掉通訊的動作。

沒辦法，澤蘭的聲音總會令他們反射性想起以前蹺社課蹺過頭，被關進實驗室的經驗。雖然其中細節如今都被滿滿的馬賽克覆蓋住，但心底的陰影可不是這麼簡單就能散去。

「眞想叫澤老師休息，換伊老師指揮。」項冬說。

「相信社長一定和我們有一樣想法。」項溪說。

「嗯，叫社長去抗議。」

「反正他也看澤老師不爽。」

兩兄弟一邊交換意見，一邊仰頭看著落在他們不遠處的龐然大物。

在他們的回收場裡，唯有自身與前方的怪物還保有鮮明的色彩，其他景物無一不是被刷染成橘與黑。

燃著蒼白火焰的眼睛，說明了不速之客污穢的身分。

可這一次現身的污穢，卻又和兩人以往遇上的不盡相同。

它的外貌不是常見的獸類與機械的融合體，而是有著一具接近人類的軀體。

它的腦袋是巨大的山羊頭，連在下方的是如僵白大理石的身體，有著人類的手和腳。假如把它的體型再縮小數倍，乍看之下，可能還會讓人誤以為是戴著動物頭套的人。

但是項冬、項溪知道不是。

他們看得仔細，那片蒼白的皮膚其實是由無數細密鱗甲組成，腳掌還帶著如同野獸一般的勾爪。

「還好不是完全仿照一般男人的身體。」項冬發出了這樣的感慨。

「否則我們的眼睛眞的要瞎了。」項溪心有戚戚焉地點頭，「不過在瞎之前……」

「肯定要先射爛那髒東西的。」項冬腳下影了躁動。

「就算沒有垂著那條髒東西晃來晃去，」項溪腳下的影子同樣不安分。

「也是一樣要——」

「射爆它！」

抓住從影子裡出現的白色短槍，項冬、項溪猶如兩道暗紅色的閃電，朝著不同方向躍跳衝出。

身著暗紅風衣的兩名少年不約而同地扣下扳機，白煙噴吐，子彈飛射。

閃爍著流光的結晶子彈像驟雨一般，鎖定羊頭人身的污穢而去。

它們來勢洶洶，不給污穢有反應的時間，轉瞬便在對方身上開出一個個小洞。

只不過這種程度的傷害，對污穢來說顯然不值一提。

項冬兩人各自穩穩落地，他們聽見齒輪運轉似的聲音響起，卡啦卡啦，就像這附近有大型機器無預警地開始運作。

接著，他們知道聲音源自何處了。

竟是從污穢背上傳來的。

剛才項冬、項溪身在污穢正面，加上對方身形龐大，從他們的角度，無法發現對方背後的異樣。但隨著他們移動方位，污穢的後背登時一覽無遺地納入了他們眼中。

那隻白色污穢的背上，竟像拉下了拉鍊，皮膚往兩側退開，露出中間的猩紅色血瘤。而在那些血瘤之間，鑲嵌著大大小小的齒輪。

此刻，那些齒輪正在不停運轉，發出兩人所聽見的卡啦卡啦聲。

緊接著兄弟倆瞳孔凝縮。

一雙如同鋼鐵鑄成的機械翅膀在齒輪轉動聲中，「唰」地在污穢背上展開。

一雙伸展完了還有一雙。

又是一雙。

六隻鋼鐵翅膀同時打開，像能遮蔽大半天空。

「我忽然想到昨天吃的雞翅了。」項冬摸了摸自己的胃，後悔來這的路上怎麼沒先買個炸雞啃。

「眼前這看起來這麼難吃的東西也能讓有你食欲？」項溪鄙視自家兄弟，「弟弟，你確定你沒病嗎？」

「愚蠢的弟弟，就是因爲面前的這個看起來難吃，才會讓人懷念好吃的東西。」項冬目光迅速打量污穢一圈。

同時，項溪也盯住了污穢的其中一處。

下一秒，兩人猛地再動，快如離弦之箭，朝著獵物悍然進攻。

污穢邁開巨大步伐，它的每一次走動，都像能撼動地面，引發震響，地面上的冰層被它踩出了裂痕。

然而，那些林立周圍的冰刺、冰柱卻突然像是液化一般。

不對，不是融化。

它們居然快速纏繞上污穢的身體表面，旋即再凝結成固體，簡直就像是替污穢罩上了一層冰之鎧甲。

並且牢牢地擋下了項冬兩人不約而同射出的子彈。

一次攻擊失敗，項冬、項溪立刻再祭出第二次、第三次……更多次。

接連擊發的槍響有若雷鳴，密集得過分，震得人耳朵不由得生疼。

更多閃耀著流光的結晶子彈瘋狂衝向了污穢。

項冬、項溪沒有用眼睛去追尋那些從他們手中槍枝擊出的子彈，他們只要扣下扳機，子彈便會隨著他們的意念行動。

部分冰甲被子彈炸裂，激出一蓬冰屑，緊接著，下一輪子彈便遞補而上，繼續轟炸污穢體表的白色鱗甲。

污穢的六隻翅膀猛地擺動，像是六把鋒利的大鐮刀，分別朝著兄弟倆劈砍下去。

卻沒想到那兩抹暗紅影子比鰻魚還要滑溜，明明彷彿要沾上了，又在眨眼間只抓到一團空氣。

越來越多冰塊被項冬、項溪轟碎，劈里啪啦地砸下地，宛如下了一場冰雹。

越來越強烈的憤怒也在污穢心中堆積，終於來到臨界點，像一座火山凶猛噴發。

驚人的吼叫在夜間迴盪著，頓時竟像引起了他處污穢的共鳴，嘯聲綿延，如浪濤般，一聲接著一聲。

項冬和項溪冷不防對視上一眼。

有時候，他倆沒一點雙胞胎之間該有的默契。

但有時候，他們的默契又好得異常。

下一瞬，項冬立即搶先竄了出去，將污穢的注意全往自己身上拉來。

「看這，醜八怪！」挑染著白色劉海的紫髮少年面無表情地舉高著手，再屈起四根手指，唯獨中指高高豎起。

這個挑釁的手勢顯然在污穢界也通用。

山羊頭顱猛地扭轉過來，眼洞裡的白色火焰劇烈晃動，六隻鋼鐵翅膀全往項冬猛烈招呼。

只要他稍一放慢速度，整個人就會被劈砍成兩半，或是更糟，成了一地碎塊。

在項冬引開污穢的當下，項溪朝天空打出一發流轉著緋紅光芒的子彈，像升上黑夜的一簇烈火。

火焰的火勢逐漸壯大。

那枚子彈的體積漸漸增大，表面的紅光倏然盡數消隱，反倒剩下一片不起眼的暗銅色。

瞥見上方情形的項冬頓時會意，腳步一煞，來個急轉彎，將白色羊頭污穢往項溪那帶去。

就等污穢一轉身——

懸停在黑色天空下的大型子彈迅雷不及掩耳地撞進了污穢軀體，在它體內引爆。

血肉、鱗甲、鋼鐵，三者混在一起的碎塊飛散四濺。

項冬、項溪俐落地躍到了污穢跟前。

「啊啊，聽那麼久的噪音，耳朵眞痛。」項冬說。

「可以跟社長申請工傷補償嗎？」項溪說：「好吧，弟弟，我覺得不行。」

「弟弟，我也覺得不行。」項冬輕聳了下肩膀。

接著，兩名紫髮少年一手堵住一邊耳朵，一手穩穩持槍，食指彎曲，黑黝黝的槍口瞄準向苟延殘喘的污穢。

砰！

砰！

一聲重響炸開，將凍結在牆面的寒冰炸得四分五裂，大小不一的冰塊朝四周噴發，堪比危險的凶器。

時衛眼疾手快地將時玥雪拽了過來，另一隻手上的鐮刀舞動得飛快，將飛往他們的冰塊全打了出去。

老實說，時衛開始後悔沒帶耳塞來了。

與其他組除穢者槓上的污穢在吼叫，他們這邊的這隻污穢也在歇斯底里地尖嘯。

偏偏叫喊聲還形成了音波般的子彈，直直撞上了榴華分部的其中一面牆壁。

當然是指回收場內的榴華分部。

否則這強大的衝擊很可能就要危害到仍被困在建築物裡的人員了。

本透著藍白色的冰層如今泛著陰森幽綠，被凍在冰裡的九重葛則全成了金黃。

這詭異的色彩搭配讓時衛覺得眼睛痛苦。

現在還要再加上他的耳朵也受到折磨了。

難聽的聲音，難看的配色。

這一切都像在挑戰時衛的審美品味，要不是清楚自己的職責，他還真想甩甩手說他不想幹了。

根本是醜得人神共憤！

「哥哥，您的想法都寫在臉上了。」時玥雪太了解自家兄長，她幾乎能看見對方的每一根頭髮都在散發著嫌惡，「換個方向想，您不是之前一直想將榴華分部的九重葛改成貼上金箔的鏤空雕花嗎？現在等於是願望實現了呢。」

「不要，逼我罵髒話，謝謝。」時衛皮笑肉不笑地勾起嘴角，伸手按住妹妹的腦袋，將對方往自己懷裡再一按，鐮刀同時凌厲地將飛來的冰塊斬成兩半。

時玥雪稍微推開了時衛，她的鼻尖撞到了對方大衣上的釦子，有點痛，應該不會就這麼扁下去吧……

時玥雪有絲擔心，「哥哥，您說毛茅喜歡鼻子挺一點的女孩子，還是扁一點的？」

「妳可以不用擔心了。」時衛在聽見時玥雪這麼問時，沒有太大的驚訝。光是自己妹妹會對毛茅使用「您」這個敬稱，他早就預料到會有這個結果。鬆開按著時玥雪後腦的手掌，他扯出壞心眼的笑容，「那個小不點，喜歡的是年紀大的女性。」

換言之就是——年紀大才是重點，對方才不在意鼻子尖或扁呢。

「那太好了，我比毛茅大呢。」時玥雪抿出小小的笑花，持握在手中的長劍一甩，退出了時衛保護的懷抱，與對方背貼背。

時衛想了想，決定還是等解決污穢了，再來大潑自己妹妹冷水吧。

小不點喜歡的可不是那種只大他一、兩歲的女孩子……而是最好大他十五歲以上的成熟女人啊！

深知自己妹妹的毅力，時衛不認爲說出眞相會讓時玥雪退卻。但不得不說，他還是很期待見到對方知道後的呆愣表情。

嗯，適當地打擊一下妹妹也是很有趣的哪。

勾起嘴角，時衛被污穢弄得極糟的心情總算稍稍平復一點，「撐不住記得喊救命啊。」

「這句話是我要對哥哥您說的才對。」時玥雪反唇相譏，「希望不要我一回過頭，就看見您虛弱地趴在地上。就算您虛，也請多堅持十分鐘再虛好嗎？」

「放心。」時衛看了下自己的腕錶，「這次……大概二十分鐘吧。」

「那麼我就拭目以待了。要是提早結束的話，我就要沒收哥哥您的手機一天，不准您上網登入遊戲了。」

不准登入遊戲，就代表會錯過一天的登入禮物，錯過一天的免費召喚……

最重要的是，還會中斷他至今維持的全勤記錄！

時衛說什麼都不會讓這種事情發生的。

如果說剛剛是因為污穢長得太醜，回收場內的世界太傷眼，讓時衛的戰意一直維持在及格邊緣，那麼這一刻，他的戰意可說是一口氣飆到頂點了。

——為了他的登入記錄！

下一秒，背對背的兩道人影，左邊個子更高的那位瞬間像疾馳的暗紅旋風，提著巨型鐮刀迎擊敵人。

時玥雪只比時衛慢了一眨眼的時間。

她噙著柔美的笑意，眼裡閃動的則是比她的長劍還要凌厲的光芒，俐落地挽出一朵劍花，氣勢凜冽地奔向了自己的敵人。

原本時家兄妹面對的是同一隻黑色污穢。

然而它從喉嚨吼出音波子彈之後，竟然由一分爲二了。

它們的身形改變，色彩改變。

隨著大片漆黑剝離，前一刻還頂著肉瘤、肖似大魚的污穢，頓時變得更加醜陋。

肉色爬滿了那兩具身軀，背上的肉瘤蔓延至全身。魚頭凹陷下去，像是一團泥濘的沼澤，只能見到兩簇白色的火焰在裡面劇烈燃燒。魚尾裂得越來越開，拉得越來越長，最後宛如四條長長的鋼鞭在空中甩動。

不僅如此，兩隻肉色污穢上的肉瘤亦起了變化。一顆顆小小的腦袋從底下鑽冒出來，一堆魚頭簇擁在一起，張闔著嘴，發出詭異的破碎聲音。

就算時衛的戰意已爲了遊戲而刷到最高，但目睹到污穢變化出的新樣貌，他那張俊美萬分的臉孔還是控制不住地扭曲了下。

這已經不是單純的醜了。

這他媽的是噁心出一個新境界了！

時衛伸手按上耳機，「既然同爲榴華雙虛，澤老師，我申請代打，麻煩你替我上如何？」

這大概是時衛在面對澤蘭時，有史以來最客氣、最有禮貌的語氣了。

「只要你願意爲了我的實驗室獻上……」

澤蘭溫和的話語還沒說完，時衛便果斷地切斷通訊。與其爲了那個破實驗室獻上自己的肝，他還寧願留著自己的肝來打遊戲呢！

化滿腔嫌惡爲動力，時衛飛速在冰雪上疾走，接連躲過污穢在半空中揮甩的尾鞭，緊接著一扭身，鐮刀直接將其中一條鞭子削斷。

然後是第二條，第三條……

發現自己只剩下最後一條鞭尾時，污穢怒氣沖沖地發出咆吼。它身上所有魚腦袋都在放聲尖叫，同時吐出一顆顆氣泡。

所有氣泡先是冉冉上升，緊接著停滯在空中。

下一剎那，頓如向下轟炸的子彈。

凡是被氣泡接觸到的事物，全都發生了小型爆炸，炸裂聲不絕於耳，像要逼得人喘不過氣。

時衛在漫天氣泡中穿梭，有如一條敏捷的閃電，任何一顆氣泡都沾不了他的身。飛揚的暗紅大衣衣襬就像灼灼烈火，要席捲這個綠與金交錯的世界。

污穢身上的腦袋再次發出尖叫，這次噴吐出的卻不是氣泡了，而是一顆顆如同鐵球的暗金球體。

它們接二連三地往下砸落，將此處的冰霜全砸得稀巴爛，地面坑坑洞洞，一片狼藉。

而時衛就在不斷破碎迸濺的碎冰中，踩著空中的鐵球往上前進，一口氣逼近了高空中的污穢。

污穢肚腹上的魚腦袋看見了時衛的身影，想要放聲警告，但甫張大的嘴卻被鐮刀尖端毫不客氣地捅了進去。

並且加深、更深。

時衛的攻擊褪去了以往的優雅，既凶猛又粗暴得不可思議。

將鑲綴著華麗鐘錶的鐮刀送進了污穢體內，時衛握緊鐮刀長柄，不假思索地從鐵球上往下跳。

在重力加速度之下，污穢身軀登時一個不穩，也跟著被扯了下來。

只剩一條鞭尾的肉色污穢有絲慌張，反射性地想再抬起身子，飛回更高的天空，然而就在它游動的瞬間——

時衛握緊鐮刀，朝著反方向奔跑，鋒利的刀鋒順勢將污穢肚腹割出了偌大的裂口，從裡面不停地掉落出暗色物體，砸墜在地面上，散發出熱氣與腥氣。

等到時衛的鐮刀來到污穢身軀末端，從對方體內抽扯出來，那隻污穢也氣力全失地從空中掉下。像隻離水的魚，虛弱地撲騰了幾下，便奄奄一息地不再有太大的動靜。

將鐮刀上沾到的污血甩開，時衛走到了污穢身旁，再次將契靈刺入了污穢體內。

不過這一回，他切割的是污穢的頭部。

折閃著寒光的鐮刀勢如破竹地一路前進，直到碰到了一個硬物。

刀尖刺入，清脆裂響傳出。

第九章

一隻污穢只有一個核心。

就時玥雪所知，目前也唯有魔女人魚擁有著雙核心。

不過對方是因實驗變異，融合了除穢者契魂的人形污穢，自然不同於一般污穢。

因此就算眼前的黑色大魚污穢由一分爲二，外表和色彩都變得更加猙獰醜陋，時玥雪也不認爲對方會具備著兩個核心。

更有可能的是，那個等同心臟的核心就藏在其中一具身體。

只要銷毀核心，兩隻污穢便會同時瓦解爲晶砂，在回收場內徹底消逝。

現在唯一的問題是，核心是在自己負責的這隻身上，還是在哥哥負責的那隻？

時玥雪分出一縷心神思考著，手上攻擊卻沒有絲毫減弱。即使持握的只是仿生契靈的長劍，攻勢仍舊凶猛得讓污穢一時找不到反擊機會。

密集的劍勢交織成天羅地網，不光在污穢身上留下了一道又一道的傷痕，每一劍還精準地削掉了盤踞在上面的一顆顆魚頭。

只聽淒厲的尖叫不斷從污穢背上、肚腹，以及其他地方爆出，襯著那醜惡的面貌，實在駭人萬分。

可時玥雪神情未有任何變化，仍是帶著柔和的淺笑，桃紅色的瞳孔如寶石熠亮，雪白的肌膚則是最上等的白瓷，彷彿是這血色繪卷中最優雅出眾的畫面。

下一剎那，時玥雪一個敏捷縱躍。

她身形輕如燕地落足在污穢的其中一條鞭尾上，並且在那條尾巴猛力甩動前，飛也似地疾奔，幾個眨眼間已踩踏至污穢背上，提劍直接往下重重戳刺。

疼痛讓污穢劇烈地擺動身子，同時也企圖甩下上方的少女。

前一刻還佇立於污穢身上的纖細人影，下一刻竟是真的自高空落下——

卻不是被污穢甩落，而是她選擇了縱身一跳，如同一隻輕巧的藍蝶，翩翩落地。

隨著鞋尖踏上猶帶冰霜的地面，上方的尖吼跟著戛然而止。

時玥雪抬起頭，毫不意外看見被自己削得不成魚形的污穢，在高空中僵停了動作。

緊接著，那具龐大肉色軀體瓦解爲無數細細晶砂，在暗綠與金黃的世界裡像一道光之瀑布傾瀉而下……

最終留在綠色地面上的，卻是空無一物。

沒有結晶凝成的花葉。

時玥雪早就預料到眼前的結果。

在與污穢纏鬥之際，她已察覺出來，自己對上的這隻污穢並不若外表看起來的強大。

時玥雪當下就明白，污穢的核心在另外一邊。

在時衛負責的那隻污穢身上！

握住重新在自己指間凝聚成形的仿生契靈，時玥雪回頭一看，果然瞧見兄長那方的戰鬥已經劃下句號，多枚閃動著流光的花葉結晶靜靜躺在時衛身前。

而解決完污穢本體的金髮青年則是倚著鐮刀，每一根髮絲依然維持著優雅般服貼著，看起來一副從容不迫的模樣。

不過時玥雪眼尖地看見了，自家哥哥其實臉色蒼白，額頭布著冷汗，呼吸也急促許多，胸膛的起伏比平時劇烈，乍看之下，就像是一名病弱的美青年。

嗯，還眞不愧身負「榴華雙虛」的名號。

「哥哥，您眞的太虛啦。」時玥雪踩著輕盈的步伐上前，「連十分鐘都還沒到呢。」

「誰讓那隻污穢醜到天怒人怨，它怎麼有臉活在世上？」時衛就算呈現虛弱狀態，嘴上仍是毒辣得毫不留情。「它不是應該直接自盡身亡嗎？居然還要我出手？不行，它眞的醜到讓人反胃，我連再次回想都覺得痛苦。」

「您應該多學習一下毛茅的。不是聽說他就算是面對像腐爛大魚的污穢，也還是頑強地展現出了吃貨的精神嗎？」

「別鬧，那根本不是正常人能做到的，麻煩把妳的哥哥放在正常的範疇裡。」

「您胡說什麼呢，您明明就該歸在網癮廢人裡面的。」

時衛沉默一瞬，他覺得還是這時候來大潑自己妹妹冷水好了。

沒錯，現在就讓她知道，毛茅喜歡的對象其實是要比他大上十五歲的巨……

時衛的反擊還來不及醞釀完畢，耳機裡就先響起了伊聲繃緊的聲音。

「又有一隻高階污穢來襲！不對，它是直接在分部外生成的……爲什麼沒有預警？該死！」

不只伊聲，澤蘭的低咒聲一併在耳機內出現。

「是魔女的冰！」

「是冰雪女王的力量！」

「第二隻高階污穢誕生了！」

與此同時，時衛和時玥雪的手機都在震動。

還沒等兄妹倆點開手機一看，局勢霍地又生變。

「時衛、時玥雪，對方正往你們的方向而去……它們的速度突然加快了，小心！」

幾乎伊聲的高喝剛落下，長長的吟嘯伴著八束疾影猝不及防地自高空急墜，像是八根粗大的碧綠竹子，重重刺進了地面。

即使時衛與時玥雪動作再怎麼快，強勁的氣流和飛掀的石塊還是在他們身上留下了傷口。

顧不得那些刺痛，時衛急急抬起頭，想確認時玥雪的情況，可映入眼中的景象讓他瞳孔猛地收縮。

「小雪！」

原來從高處刺進地裡的，是兩隻污穢如同節肢動物的步足。

而其中離時玥雪最近的那隻污穢，它的前肢竟然彈出了鋒利的刀刃。

時玥雪還沒從那陣衝擊中緩過來，依舊撐按著地面，白金色的髮絲從肩膀散落下來，露出的雪白頸項眼看就要被碧色刀刃殘酷斬下。

時玥雪尚未意識到死亡正逼近自己。

時衛肝膽俱裂，喉嚨像有燙紅的鐵塊，燒得他喊出的聲音嘶啞粗礪。

「小雪——」

時玥雪反射性轉過頭，臉上帶有未退的茫然。

碧色的利刃沒有因此而停滯分毫，它直直地往下——

然後硬生生停在了時玥雪的頭頂上方。

一面造型怪異的巨大盾牌護住了時玥雪，同時也阻絕了污穢刀刃的進逼。

時玥雪大睜的眸子裡似乎還殘留著那急速逼近自己的碧色。

接著她的視野就被一片陰影覆蓋住，耳邊是尖銳刺耳的金屬擦撞聲，震得她耳膜生疼。

時玥雪眨了眨眼，終於猛地回過神來。

自己剛剛，是真的身陷生死一瞬間……

「可以站起來嗎？」像少了人氣，冷硬似金屬的男聲說。

「可以。」時玥雪眼中的驚悸迅速褪去，回復堅定，「謝謝社長。」

聽見道謝的海冬青只是簡短地「嗯」了一聲。待時玥雪脫離危險，重新站直身子，他手指一動，由三把長刀拼組的奇特盾牌頓時散開。

失去阻力的碧色刀刃往下劈落，卻只劈進了覆著薄冰的地面底下。

時衛只覺自己的一顆心像經歷了冰火二重天，他粗重地喘了幾口氣，慶幸著海冬青的及時到來。

差那麼一點點，他的妹妹很可能就……

時衛強行掐住思緒，不讓自己沉溺在負面的情緒，「伊老師，目前還有其他動靜嗎？」

「沒有了。」伊聲從時衛冷靜的語氣判斷出來，他們那方的安全無虞，「目前新偵測到的污穢，就只有到你們那邊的那兩隻。」

「明白了，接下來……」時衛說，「就繼續交給我們吧。」

在他的力氣尚未用盡，契靈還能緊緊握在手中之前，他絕對會好好地……回報那兩隻闖入他們回收場的污穢！

時衛神色看起來淡淡的，似乎還沒先前目睹時玥雪險些遇難時來得激動。

可是熟知兄長的時玥雪明白——自己的哥哥……這下子真的是氣壞了。

「海冬青，你之前那邊的情況呢？」越是火大，時衛表現出來的態度越是平靜。

「宰掉了。」海冬青雲淡風輕地說著，「再來就換它們。」

海冬青口中說的「它們」，指的自然就是此時聳立在他們三人前方的龐然大物。

兩隻污穢全身青碧，身體如長長圓筒，前半節身體覆著一對短翅，後半節身體則是更長一點的翅膀；四隻細如長竹的步足側方，如今全彈出同色的鋒利刀片，邊緣閃動著森寒冷光。

它們就像兩隻巨大的竹節蟲，只不過一般的蟲子不會如此巨大，兩對半透明的翅膀也不會是由許多金屬零件拼組而成，複眼更不會燃燒著熊熊的蒼白火焰，像兩盞圓大的白燈籠。

兩隻污穢乍看下似乎沒太大不同，但左側的那隻體積更大，身上還多了幾圈詭異的裂紋。

同樣都身處社長之位，時衛與海冬青沒有對接下來的行動交換意見，他們瞬間便已掌握眼下情況，做出了決斷。

下一剎那，暗紅與海藍的人影疾如風地掠出，兩方各鎖定一隻污穢。

如果說，時衛與時玥雪的攻擊方式透著難以抹滅的優雅，那麼海冬青的出手，就是純粹的暴力了。

三柄長刀快若銀雷，撕裂了大氣，接著凶猛地撕裂了污穢的軀體。

首先是那對短翅，再來是更長一些的翅膀。

試圖帶起身軀的兩對翅膀還沒來得及張開，就被三刀破壞殆盡，鑲嵌在上面的機械零件接二連三地墜下，如同下起了一場金屬碎物之雨。

剁掉了污穢的羽翅，三柄長刀驀然拼合，成爲一面堅固碩大的盾牌。

污穢靠近頸邊的裂紋裡冒出了不祥的青光，旋即光束噴發，直衝向海冬青。

藍髮青年抓過盾牌往前一擋，腳下步伐卻是未停。他的速度越來越快，就像一顆迅猛的子彈，高速衝撞向污穢。

在盾牌撞上污穢的剎那，海冬青身子矯捷一滾，來到了對方腹部底下。

由於污穢的四隻步足都沒被海冬青砍斷，依舊保持著原來的高度，反倒讓自己身下成了視線的死角。

一時找不到獵物的污穢困惑地東張西望，那兩隻燃著白火的眼睛一下盯住了遠在另一端的時家兄妹。

他們身上同樣散發著相當美味的氣息。

污穢根本不在意自己的同伴有沒有被消滅。既然原本的目標不見了，便不假思索地把時衛兩人列進自己的食物名單裡。

然而它卻連一步也來不及邁出。

「噗滋」一聲，銳器貫穿血肉的聲音無比清晰地迴響著。

一柄碩大的長刀從污穢背部飛竄出來，接著是第二把，第三把。

三把長刀沖上暗綠的天空，下一秒竟又反轉回去，它們速度飛快，銳不可擋，像是匯集成一束最劇烈的風暴。

片刻間，就將下方的污穢撕扯成碎片。

海冬青甚至連核心都沒有特意去找。

不管核心藏在什麼地方，在這股力量的肆虐之下，也絕對不可能還安好無缺。

海冬青手指再一動，三把長刀頓似液體消融，最末全部沒入他的影子之中。

不像時衛他們將污穢留下的結晶棄之一旁，海冬青連一個結晶也沒漏下地全部拾起，放進了身上的背包裡。

接著那雙比綠夜還要暗沉的深碧眼睛抬起，直視向時衛他們。

「那些結晶，你們不要的話給我。」

「哥哥？」時玥雪自然地等著時衛做決定。

時衛一挑眉，與海冬青認識的這幾年，他還是頭一回見到對方在意起這些結晶，不過剛浮上他眉間的訝異轉瞬又隱沒。

時衛想起來了，這傢伙有個崇拜的偶像，然後那個偶像剛好有個熱愛拿結晶去換零用錢的主人。

「隨便你拿去。」時衛揮了揮手。反正就算海冬青不拿，他們除魔社這方打下的結晶，最後估計也都會到毛茅手裡。

誰讓他們社團有個疼愛學弟的優良傳統呢？

假如讓項冬、項溪聽見時衛這一刻的內心話，他們倆肯定會面無表情，進行同步的吐槽。

爲什麼這個「傳統」他們從來沒聽過，也從來沒在他們身上實行過？

偏心也偏得太過分了吧？啊？

既然結果都是會到毛茅手裡，讓海冬青拿去也無所謂了，起碼時衛沒興趣在這時候還揹負著不必要的重物。

「先把這的回收場解除吧。」時衛從時玥雪的攙扶中抽回手，「晚點再開新的，我可是受夠這顏色了。」

「哥哥，您確定能好好走路嗎？」時玥雪點按了下手環，解除回收場，周遭的綠與金開始消褪，更多的色彩重新注入這個世界。

「放心好了，我從不勉強自己，站不起來就肯定是直接坐下了。」時衛對自己的體虛一向坦然得很，有時還莫名地自傲。

「您驕傲的點，有時候眞的很奇怪哪，哥哥。」時玥雪輕吁口氣，忍住了想用力捏一把兄長後腰的衝動，「這裡的污穢掃除完畢的話，再來呢？」

「再來……」時衛按著耳機，想要向澤蘭與伊聲確認眼下狀況。然而之前一直順暢的頻道，突然卻只剩一片沙沙聲。

簡直就像雙方的通訊冷不防被中斷似的。

「澤老師、伊老師？」時衛臉色微變，連忙喊了幾聲。

注意到時衛的異樣，時玥雪與海冬青即刻領悟過來，但他們同樣聯繫不到伊聲、澤蘭。他們所有人都聯繫不上。

「哥哥！」時玥雪猛地抓緊了時衛的胳膊，「那些冰！」

時衛下意識望過去，心下登時一凜，全身肌肉繃緊，進入了警戒狀態。

在正常色調的世界裡，先前被污穢破壞的冰層又恢復原樣。冰面光滑剔透，在黑夜裡散發著冷冷的光。

細雪又在下了，無聲無息地從夜色裡飄落，像要將四周聲音吸收進去。

在這份詭譎的死寂中——

啪！

喀！

響亮又令人不安的破裂聲驀地進入了時衛等人耳中，他們腳下影子再起波瀾，契靈轉瞬間回到他們手中。

幾聲裂響過後，夜裡又變得安靜，好似方才的聲音是幾個人的錯覺。

時衛他們不敢掉以輕心，握著契靈的手指越收越緊。

就在下一瞬間。

劈里啪啦的聲音就像鞭炮一樣，在夜色裡瘋狂炸開。

所有冰層全都炸開了。

飛捲至半空的冰屑、冰花中，多道身影平空出現。

它們身高數尺，體型肖似猿猴，表面覆著深暗的短毛，腳掌前端長著畸形的趾爪，臉上只有凹深的眼洞和一條怪異的拉鍊；拉鍊橫過下半張臉，如同嘴巴。

三名除穢者的手機都在猛烈地震動，跳出警示的通知，可是誰也沒再把手機拿起。

眼前所見，已經說明了一切。

五隻污穢的眼洞中燃起白火，似乎有隻無形的手，逐漸地將拉鍊拉開，露出了白色的牙肉和漆黑的利齒。遠遠望去，它們就像掛著一抹永遠也不會抹消的詭異獰笑。

時衛耳機內忽地又冒出一聲刺耳爆音，尖銳的音效讓他眉頭緊皺，差點反射性扯掉耳機。

他沒這麼做的原因，是在爆音過後，像是將通訊阻隔的無形薄膜全部消失了，熟悉的聲音再度歸來。

「時衛，你們那邊發生什麼事了？」伊聲掩不住心焦地問，「剛剛通訊突然全部中斷，還有好幾個監視儀遭到破壞。」

伊聲和澤蘭可以說是心急如焚，螢幕裡有多格畫面暗下，讓他們再也無法充分掌控榴華分部外的動態。

「『刷一刷』顯示又有污穢在你們那誕生了！」

「現在的情況是怎樣？」

時衛沒有馬上回答伊聲他們的追問，他怔怔地看著前方，只覺突然間像有盆冰水兜頭澆淋下來，讓人從骨縫裡感到寒意滲出。

在五隻形如巨猿的污穢身前，那些四下飛濺的冰花冷不丁地舞動了起來。它們打轉出一圈又一圈的旋，接著漸漸勾勒出一抹屬於少女的曼妙身影。

與醜惡黝暗的污穢們相比，少女的出現彷彿最鮮明奪目的色彩，讓眼前都亮了起來。

她有著一頭像是連髮梢都在閃閃發亮的橘色長髮，頭上斜斜戴著一頂小禮帽，暗紅與黑色交錯的華麗短禮服包裹住她凹凸有致的身材，華美的金屬花朵和鐘錶面盤在腰間纏出動人的弧度。

木花梨就像開在雪夜裡最美麗的一朵花。

她看起來與失蹤前無異，除了她的榴華制服換成了除魔社的戰鬥服，除了那雙本該溫暖棕色的眸子——

如今卻像凝結一層霜雪，成了一片森寒的銀白。

「社長，接下來……」

木花梨揚起的笑容如最明媚的春天，她對著時衛等人舉起了長劍，笑盈盈地說。

「可以請你們陪我們一起玩嗎？」

第十章

自從踏進幾乎伸手不見五指的密道，毛茅他們就像踏進了一個被獨立的黑暗世界。

沒有聲音，沒有光源。

不只如此，通訊器和手機的訊號還遭到遮蔽，再也接收不到來自外邊的訊息。

如果是膽子小一點的人，可能會立刻承受不住，精神過度緊繃，進而導致情緒潰堤。

不過毛茅馬上就解決了沒有光的問題，被他握在手中的手機射出了光芒，如同最耀眼的銀白色火把。

手電筒ＡＰＰ萬歲！

科技萬歲！

白烏亞等人也分別打開了自己手機內建的手電筒功能，讓前一刻還被幽暗籠罩的密道，下一刻彷彿亮如白晝。

「太刺眼了！朕的眼睛要瞎了，混蛋！」黑琅火大地咒罵，「不知道貓的眼睛很脆弱纖細的嗎？」

「你的體型讓人很難把『纖細』兩個字放在你身上。」高甜本就冷冽的聲音，在封閉的密道裡更顯得沒有人氣。

黑琅扭過頭，氣得一身毛都炸起來，「有膽再給朕說一次！朕告訴妳，朕不單是眼睛纖細，就連身材和心靈都是纖細得必須要好好呵護才行！連這都不懂的話，朕馬上就用朕的爪子讓妳親身體會！」

「夠了喔，大毛，虛構事實也要有限度。」毛茅單手撈起黑琅，強行把貓帶著往前走，「這種話你還是留著在小青面前說就可以了。」

相信海冬青一定會很捧場，無論黑琅說什麼都是點頭附和。

「你害朕都開始懷念小青了。」黑琅頓時有一絲惆悵地說，「尤其是小青昨天帶來的皇家罐罐，眞香啊。毛茅，要是找回那隻蠢鳥……」

「嗯？」毛茅趁著黑琅陷入回憶的時候，將他塞到了白烏亞的懷抱中。

聽說毛茸茸的動物可以讓人放鬆心情，療癒人心。爲了烏鴉學長，他眞是一個貼心的好學弟！

或許是白烏亞抱貓的姿勢讓貓太舒服，黑琅居然沒注意到不對勁。

黑琅自顧自地說，「雖然沒辦法馬上把他吃掉，畢竟是儲備糧嘛。但是朕可以一邊吃罐罐，一邊把他吊起來，放在火上烤嗎？烤小鳥的香氣聽說有助於食欲呢。」

「好像是個不錯的主意耶，那我要多準備幾包洋芋片。」毛茅愉快地說。

「垃圾食物一天內不能吃太多。」這是高甜。

「毛茅年紀小，點火危險，到時候還是交給我。」這是白烏亞。

負責關上密道門，然後又改走到最前頭的胡水綠舉著手機，一邊注意前方路況，一邊聽著後方小朋友們的聊天。

他聳聳肩膀，覺得毛絨絨要是知道這番談話，恐怕還寧願凍著不回家了。

不曉得親愛的那邊的情況怎樣了，超過十分鐘沒聽見她的聲音了，想她。

胡水綠無意識地撫按著耳機，但依舊與之前一樣，接收不到訊號，聽不見另一端的人聲。

眾人的腳步聲在封閉的密道內被放大許多，一下下地敲擊在他們的心頭。

從外面看，密道入口與榴華分部之間相隔距離不遠，頂多一百公尺而已。

卻沒想到埋在地底下的密道其實做得彎彎繞繞，長得讓毛茅不禁懷疑起這條地道根本是繞了榴華分部外面一大圈了吧。

胡水綠證實了他的猜測，「這條路全長快一公里，繞得挺曲折的。」

「胡老師，這有意義嗎？」毛茅發自內心地問。

「老實說，我覺得沒有。但是密道也不是我建的，所以這鍋我不揹。」胡水綠三言兩語撇清了責任，心裡盤算著路程。

從他成為分部長後，每隔一段時間就會進來查探一次，確保密道的通行狀況良好，這裡的每個轉彎或上下坡道他都記得清清楚楚。

就算沒有照明，他心中也能勾勒出全程路線。

再大約二十步，就要到底了。

「我們快進入榴華分部了。」胡水綠說，「做好準備。」

「明白了！」毛茅語氣歡快，彷如即將要踏入的不是險境，而是一個有趣的遊樂園。

「等等，朕爲什麼在你手上？把你的鳥爪子拿開，你這隻白烏鴉！」黑琅氣急敗壞地掙扎起來，終於注意到抱著自己尊貴身軀的不是自家鏟屎官，「毛茅！毛茅！」

吵鬧中，殿後的高甜卻忽地頓了下腳步。她回過頭，幽窄的密道被大片黑暗包圍，什麼也看不清楚。

好像聽到抽氣聲……是錯覺嗎？

盯視了半晌，直到前方胡水綠傳來催促，高甜才轉回視線，提步走進那扇被開啓的門後。

隨著門板關上，密道裡又陷入了黑暗。

直到好一陣子，兩簇晃動的白光冷不防在底部浮現，像悠遊在黑色海洋中的兩隻白魚……

密道的出口開在榴華分部的地下一樓。

幸好外面沒有被寒冰覆蓋，否則就得花費一番力氣，才有辦法順利進入裡面了。

一踏進原本是科研室據點的地下室，毛茅等人頓時吃驚地張大眼。

首先映入眼中的是藍色與白色。

然後是如同遭到驚人風暴肆虐過、呈現出一片狼藉的景象。沒有搬走的桌椅和器具殘破不堪，且全被寒冰凍結了。

就像是有誰將當下的混亂全凝封在冰裡面。

除此之外，地板上還可以見到大小不一的殘冰凌亂地四散各處。

冰是白的，冰以外的景物卻全都是藍的。深淺不一的藍色刷滿了壁面、地板、梁柱，就連冰裡的那些東西也爬滿了藍色。

毛茅愣了好幾秒才反應過來，這是回收場內才會有的特殊現象，然而他們幾人下來時都還沒有開啓過。

「有人在裡面開了回收場嗎？」黑琅狐疑地問。

「不。」白烏亞否定，「如果有人從內部開啓，那麼我們在外面就會先發現到了。」

「回收場的基本範圍起碼比榴華分部大。就像烏鴉說的，要是有誰在裡面開了回收場，那麼外面也會被納入進去。甲組人員應該各自開啓了，造成多個回收場重疊一起，我們現在估計是走進了其中一個。或許等上去之後，上面的顏色又會變過一輪。」胡水綠邊說明，邊示意眾人展開搜尋。

但令人大感失望的是，這裡並沒有看見毛絨絨，當然也沒有第五壬。

就算是冰裡也沒有發現他們一人一鳥的身影。

唯一可以確認的是，這地方，確實曾發生過什麼。

胡水綠記得很清楚，自從科研室暫時移至其他位置，留在這裡的東西就沒有被人動過，絕對不是如今這幅像被轟炸過的模樣。

胡水綠眉頭緊緊地擰了起來，他的目光落至另一扇門，那裡是通往下一層樓的通道。

可眼下，那個出入口被冰凍得嚴嚴實實，連一絲縫隙也沒有。

「胡老師，那裡是？」白烏亞也注意到胡水綠的視線落點，「是要往上的樓梯嗎？」

「不是。」胡水綠搖搖頭，「那是往地下二樓的。」

「地下二樓？」毛茅訝異地說，「那不是……」

「用來放不可碰之書正本的地方。」胡水綠說，「但自從書無端消失後，那地方也派不上用場了。」

「也就是說，那裡現在是眞的空無一物了吧？」毛茅看著那片難以輕易攻破的厚實冰層，「第五先生會在那裡面嗎？」

還沒等到胡水綠的回應，毛茅自己先行否定了。

「不，我想機率不高。如果第五先生眞的有進入地下二樓，那麼毛絨絨應該就會趕緊再傳訊息給我。」

畢竟比起曾是科研室的地下一樓，地下二樓卻是封存過不可碰之書正本之處，本身代表的意義比起前者強上太多。

「不管那個第幾的有進沒進……」黑琅不耐煩地說，「這裡都沒他跟那隻傻鳥的影子，他們難不成沒被冰住？」

既然毛絨絨是跟蹤第五壬進入地下室，緊接著榴華分部就陷入冰封之中。在這短短的時間內，無論是毛絨絨或第五壬，都不太可能有機會再移動位置。

該不會，有人帶走他們？

那麼又是誰帶走的？

或者說，他們在最初的時候沒有遭到冰雪襲擊嗎？

各種猜測在胡水綠腦中轉過一圈，卻找不出一個確切的回答。他沒有將太多心思放在這上頭，在他看來，現在他們人都進來了，那麼他們想要的那個答案——

相信過不了多久，就會自動呈現在他們眼前。

「我們往上走。」胡水綠伸手指向通向一樓的樓梯通道。

但沒走幾步，毛茅就先聽見自己腳下傳出清冽的脆響，聽起來很像玻璃被他踩碎的聲音。

「這是……」毛茅下意識收回腳，他以爲自己踩到了碎冰，但仔細一看，卻發現那看起來更像剔透的結晶體。

「那邊也有、那邊也有。」黑琅眼利，很快就分辨出不同於冰塊的多枚結晶碎片。他靈敏地跳躍上前，將自己找到的碎片撥了過來，集中在一處。

「不要什麼東西都摸。」高甜握住了毛茅想探向碎片的手，淡淡地說，「它看起來和污穢的結晶不太一樣。」

正如高甜所說，那些被堆置在一起的結晶，色澤並不像毛茅他們平時看見的那般透明。極淡的色彩從內側向外擴散，有如水彩滴進了水面上，滲出一絲細細的漣漪。

「看起來像……」白烏亞斟酌了下，「魔女的結晶。」

「啊！」經白烏亞這麼一說，毛茅恍然大悟。

無論是小紅帽、長髮公主、或是人魚，這些人形污穢在消亡後所留下的結晶，與一般污穢的結晶有些許差異。

差異的地方就在於顏色。

一般污穢的結晶皆是透明無色。

可毛茅還記得，當初小紅帽的結晶是帶著一層緋紅色，而長髮公主的是淡黃色，人魚則是灰色。

魔女們的結晶就像是各色寶石。

胡水綠盯視一會，隨著他似乎辨認出那是何物，他的臉色也慢慢沉了下來，「那是本來就在這地方的東西，十五年前留下來的。」

一聽見那個關鍵的字眼，四雙眼睛立刻向胡水綠看過來。

十五年前，那就代表著……

「第五景當年做了那些實驗。」胡水綠一提起第五景，眸裡忍不住閃過一絲冷意，「在他眞正實行前，曾利用殉職除穢者的契魂，將它們與污穢的結晶進行融合。融合失敗，留下的就是這些顏色出現變異的碎片。」

碎片還蘊含著些許能量，因此那時候還是被留下來了。胡水綠以爲這些碎片在這些年間早已在裝備開發上使用殆盡，沒想到還有剩下來。

顯然是科研室的人留下來的，之前不知道收到哪去了，如今因爲魔女的入侵，讓它們被翻了出來。

就像那些不願再多碰觸的記憶，也一併被翻掀出來。

「先不論第五和你家的那隻鳥爲什麼不在這裡……」胡水綠這話是對著毛茅說的，「可以肯定的是，冰雪女王曾在這邊出現過。」

否則也不會讓地下一樓呈現目前一團亂的景象。

「大概看他們倆勉強還能入口，所以把他們帶走了吧。」黑琅甩動他的長尾巴，不悅地說，「朕可不喜歡有人打朕儲備糧食的主意。」

「嗯，我也不喜歡。所以我們還是趕快上去樓上，英雄救鳥吧。」毛茅笑嘻嘻地說，金眸亮得如焰火，像能把一室的冰冷都燃燒精光，「當然，還要英雄救第五先生呢。」

「說的沒錯。」胡水綠眼中也褪去了陰霾，勾起一抹鋒利的笑意，「走吧。」

胡水綠領著三人一貓，沒有在一無所獲的地下一樓逗留，飛快沿著未受寒冰阻塞的樓梯通道直達了榴華分部的一樓大廳。

與地下一樓一樣，受到冰封的榴華分部內部，處處可見受嚴冰摧殘的痕跡。

牆壁和柱子上爬著厚厚的冰層，突出的冰稜從上方倒吊而下。

高高低低的冰刺在各處角落林立，有的圍簇在一起像盛綻的花，有的嶙峋怪狀，像是獸類猙獰的獠牙。

奇異的是，即使在室內，還是有細碎的雪屑緩緩地從虛空中飄下。

毛茅仰頭向上看，卻看不出雪的源頭來自何處。

不過與外面及剛才的地下室相比，榴華分部一樓的氣溫低上許多，毛茅他們張嘴說話時都能吐出一團白氣，寒意沿著他們衣物的空隙入侵進去。

見狀，黑琅迅速爬到毛茅的脖子上。

油光水滑還滿是熱量的大胖黑貓，如今最適合充當一條溫暖的貓圍巾了。

其中最讓毛茅他們大感意外的是，上週五他們離開前，榴華分部的大廳分明四處都能見到累翻而隨便找個位置補眠的員工或除穢者。

可現在，迎接他們的是空無一人，連預想中的人體冰雕都沒見到一尊。

迴盪在建築物內的，唯有針落可聞的死寂。讓人不由自主跟著屏住氣，不敢發出太大聲響，免得驚動了蟄伏在最深處的某種——

可怕存在。

反常的景象，讓毛茅他們頓時愣了一愣。

「也是被冰雪女王帶走了？」高甜說的雖是疑問句，可語氣是肯定的。

「都是要當儲備糧的嗎？」黑琅撐起腦袋，狐疑地東張西望。

「我還寧願是當儲備糧。」胡水綠說，「起碼是儲備用，不會那麼快就被……」

後面胡水綠沒再說下去。

就算還沒被挖出契魂，或直接整個人遭到吞吃，被冰凍起來的那些人，如今只要隨便一個撞擊，輕易都能少隻胳臂或斷隻腳，就連掉了腦袋都是很有可能的事。

胡水綠摸不清冰雪女王的意圖，但他明白自己在這時候更須要冷靜面對。

「我們先去圖書館的頂樓。」胡水綠重新複述一遍他的計畫，「能夠開啓分部全部結界的控制台在那邊，只要結界一開，外面的污穢就進不來；而冰雪女王不管此刻在內在外，也都會少一分威脅。」

假如在內，那麼她就等於是被困在這座變相的冰牢裡。

假如在外，那麼她也失去了本來掌控在手中，可以作爲籌碼的人質。

榴華分部是一棟H形的建築，結界的控制台便是在右半邊建物的五樓。胡水綠當然不會考慮搭電梯上去，就算電梯還能使用，但萬一在那個封閉的狹小空間遇襲，無疑會令他們落入險境。

好在樓梯上除了凝結些許冰霜之外，整體依舊保持著暢通。

黑琅自動從毛茅的肩頸上跳下來，撒開四肢，一馬當先地衝到最前端。

看著前方胡水綠與高甜腳下都是踩著起碼十公分高的高跟鞋，速度卻沒有一絲滯慢，反倒快得驚人，毛茅開始相信高跟鞋有「敏捷加十」的功效了。

比他和烏鴉學長的速度還要快啊！

毛茅忍不住對那兩道高挑背影投以欽佩的眼神，可就在下一秒，他聽見黑琅發出了危險的低吼。

毛茅心下瞬凜，馬上與白烏亞三步併作兩步地追上前方。

撞進眼中的景象讓毛茅腦海空白了幾秒，金眸瞪大。

發出恫嚇叫聲的黑琅弓著背，尾巴豎得高高的，一身黑亮皮毛炸起，遠看像顆漆黑的大毛球，正衝著擋在三樓樓梯口的一排身影齜牙咧嘴。

站在他們面前，堵住他們去路的，是一排像是冰塊所雕刻出來的巨大人形，以及——

居中的黑梟。

第十一章

「黑梟學姊！」

毛茅失聲喊了出來，怎樣也沒想到會在這裡見到失蹤的雙馬尾少女。

高甜和白烏亞幾乎瞬間一左一右地擋在毛茅身前。

他們看得出來，眼前的學姊／學妹，明顯不對勁。

黑梟面無表情地站在階梯上，居高臨下地俯視著毛茅他們。

她看起來毫髮無傷，淡粉色的長髮紮綁成雙馬尾，垂至小腿肚，身上穿著榴華除魔社的戰鬥服。紅如榴火的色彩將她整個人包覆住，襯得膚色越發蒼白，身上的陰冷氣息越加森然。

她似乎與往常沒有什麼不同，但終究只是似乎。

那雙本該是淺灰色的眼珠，裡頭卻凍了一層不祥的霜白，如同能吞噬一切溫度的冬雪。

「你們想去哪裡？你們能去哪裡？」黑梟的聲音又輕又細，落在冰霜之間，透出一絲令人毛骨悚然的陰森。

隨著話聲幽幽地在樓道間打轉，黑梟雙手覆上了粗獷沉重的金屬拳套。

「你們哪裡都不能去。」

最末一字落下的瞬間，黑梟握起拳頭，金屬拳套對撞一下，發出了讓人驚心動魄的鏗響，隨即那道暗紅色身影如利箭射出。

金屬拳套挾帶驚人的拳風，沒有丁點留情地就朝毛茅他們招呼過來。

與此同時，那一排如同冰之守衛的寒冰怪物也跟著齊齊咆哮，蜂擁而下。

黑梟發生什麼事了？

她看起來像是受到操控……冰雪女王對她做了什麼？

又該如何讓她清醒過來？

無數疑問在毛茅等人心中翻湧。他們想弄清楚的事太多了，然而眼下迎面而來的猛烈攻擊讓他們知道——

他們沒有時間思索答案。

他們唯一能做的就是，行動！

心念電轉間，胡水綠果斷做出決定。

「我們兵分兩路。」胡水綠的手術刀在身前環成一個圓，再拖曳出銀亮的光軌，迅雷不及掩耳地飛射向那些寒冰怪物，「你們其中兩個到頂樓去，這裡由我和另一人頂著！」

「不行，必須胡老師上去！」毛茅踩上了一隻揮來的寒冰手臂，靈巧地一個後翻，仿生契靈平空出現在他手中，快狠準地捅進了敵方後背，「我敢肯定，我們三個對那個控制台只能乾瞪眼。」

高甜和白烏亞飛速對視一眼，如同達成了某種協定，緊接著白烏亞高大的身形掠出。

「胡老師，我們走！」白烏亞一劍劈開擋路的冰之守衛。

雖然無法一擊徹底剝奪對方的行動能力，但也足以讓對方短時間無法再阻礙他們。

見狀，胡水綠收緊了下頷線條。他也看得出來，學生們提出的才是最好的方案。

「擋不住他們就躲，絕對不准拿自己開玩笑！」胡水綠厲聲說著，多把手術刀匯聚一塊，像束熾亮的銀色閃電，凶猛地撞上了正前方的巨大人形。

堅硬寒冰迸碎，發出了令人牙酸的碎裂聲。

抓住無人阻擋的空隙，胡水綠和白烏亞猛地加快速度，突破了黑梟與冰之守衛的圍堵，迅速衝上了樓梯。

「你們哪裡都別想去。」黑梟一個箭步躍起，染成銀白的眼瞳閃動著冷酷，銳利的爪子從指間位置冒出，猶如猙獰的獸爪，「你們只能去女王那，然後——」

「跪下！」

「大毛！」毛茅咧嘴一笑，長劍型態的仿生契靈悍然擲出。在黑梟反射性閃避的瞬間，他張開手指，握緊了頃刻便散爲黑霧，在他掌心凝爲實體的墨色長鞭。

長鞭下一秒就像隻靈蛇朝著黑梟腳踝咬出。

黑梟只覺腳踝驀地一緊，接著一股強大外力將她自空中拖拽下來，朝樓梯下方甩去。

毛茅一開始就不認爲自己的這一記偷襲能夠給黑梟帶來什麼傷害，他要的只有……

讓戰場轉移！

不管是黑梟或是那些冰之守衛，都別想再往上面去！

被扔出的黑梟在即將撞上冰壁之際，猛地抬腿往壁面重重一蹬，重新穩住了身形，旋即再俐落地踏上地面，薄冰應聲發出脆響。

黑梟抬起頭，面無表情地看著那個盤腿坐在樓梯扶手上，笑嘻嘻迎望著她的紫髮男孩。

毛茅看著如今站在一樓大廳的雙馬尾少女，對方那張比雪還蒼白的面容還是沒有絲毫情緒起伏。

就好像所有該存在的情感都被抽離殆盡。

毛茅可以聽到樓上的戰鬥聲響，他沒有回過頭，嘴角仍噙著從容的笑意，似乎一點也不擔心高甜那邊的戰況。

事實上，毛茅的確不擔心。

高甜的戰力公認是最高的，這也是白烏亞選擇由他陪同胡水綠上樓，讓高甜留下的理由。

白烏亞同樣信任這名學妹的能力，所以才會將自己的直屬交予對方。

彷彿只經過幾個眨眼的時間，毛茅就聽見後方有人拾階而下，俐落的腳步聲一下下敲扣在這像被凜冬包圍的建築物內部。

同一時間，毛茅對於黑梟周遭冰雪忽地湧起、變形，像被看不見的大手雕塑出形狀的景象，好像絲毫不感到驚訝。

「果然越好打的東西，越打不死哪。」毛茅說。

「那就打到讓它們再也出現不了。」高甜的聲音比雪還冰冷，此地的寒意似乎都比不上她一身的凜凜氣勢。

「眞是個好主意。」毛茅有一下沒一下地執著鞭尾敲打掌心，「黑梟學姊，妳還記得我們嗎?記得除魔社，記得……木學姊。」

毛茅頓了頓，咬字異常清晰地說：

「木花梨學姊。」

黑梟神色依然陰沉冷漠，像條永遠佇立在陰影裡的鬼魅。

可是在剛才那瞬間，毛茅與高甜都敏銳地捕捉到，那雙銀白眼瞳裡一閃而逝的茫然。

或許連現在的黑梟自己都沒有意識到。

毛茅在樓梯扶手上站起，他站得筆挺，和佇立在階梯上的高甜，就像兩把出鞘的劍刃。

即使還未做出任何動作，卻已自然而然散發出戰意。

黑梟身後的冰之守衛像被觸動，它們的背脊、雙臂增冒出更多尖刺；其中手掌部分更是直接拔尖拉長，形成如同彎刀的形狀。

「你們想去哪裡？你們能去哪裡？」黑梟說，幽細的聲音像跳針般，重覆著同樣的句子，「你們哪裡都不能去。」

黑梟踏出一步，她的眼睫凝結了冰霜，就連髮絲末端也在不知不覺間爬滿冰晶。

「你們只能去女王那，然後——」

黑梟猛地出拳了，閃耀著寒光的金屬拳套砸向毛茅身下的樓梯扶手。

「跪下！」

「六花！」

高甜的身影和她的六把長刀同時像驚雷劃閃。

兩把長刀衝向了黑梟，另外四把與主人一併迎擊更後方的冰之守衛。

黑梟眼睛眨也不眨地與衝來的長刀硬碰硬，金屬拳套和銀亮的長刀擦撞出刺耳聲響。

黑梟竟是硬生生轟開了高甜的契靈。

緊接著那凶猛的拳頭循著原本的軌跡，緊咬著那抹瘦小的人影不放。

「跪下，然後要人唱〈征服〉嗎？」面臨逼至眼前的危機，毛茅面不改色，那雙金眸亮得像能燒灼所有事物。他愉快大笑，笑聲歡快，「想都別想了！如果她願意爲我唱的話，我倒是很樂意接受啊！」

毛茅瞬間揮出長鞭，鞭尾勾住上方橫冒出的冰稜。他身手敏捷地盪起，避開了黑梟的拳頭，在高空中盪出一個俐落的弧度。

落空的拳頭落在了樓梯上，數級階梯驟然凹陷，裂紋似蛛網擴散，形成一個偌大的坑洞。

金屬拳套再度轟來，像疾雷、像狂風，緊追著那抹瘦小人影而去。

但毛茅躲閃得更快，快得讓黑梟一再錯失攻擊目標。揮出的拳頭不是擊中了地面，就是打碎了像花朵盛綻的團團冰簇，或是落在了覆蓋著寒冰的牆壁上。

榴華分部大廳不過經歷短短時間，就被轟炸得面目全非。到處是塌陷的凹洞，粗大的裂紋凌亂地擴散延展，像一條條新增的疤。

毛茅採取的是打帶跑戰術，當然跑的部分佔了絕大多數。

就算此刻站在了他們的對立面，對他們揮出了染滿敵意的拳頭——那也是黑梟。是他們除魔社的一員，是他們的同伴。

毛茅手腕一動，黑鞭飛速延長，捲住了其中一隻離得最近的冰之守衛的手臂。光羽從鞭身冒出，隨著毛茅再使勁，絞扯下那大半隻臂膀，直接甩向了黑梟。

黑梟的拳頭擊碎了那隻冰塊手臂。

屬於男孩的清亮嗓音這瞬間穿透濺散的碎冰。

「萬一不小心打太重的話，木學姊知道後一定會很傷心的，然後逼我二十四小時看《冥王星寶寶》，中間還不能上廁所的那種。光想想就覺得太可怕了哪，妳說對吧，黑梟學姊？」

黑梟的拳頭在空中停了一、兩秒，連帶地也讓拳風偏了角度，撞上了後方的壁面。讓本來就遍布裂痕的冰壁更加凹陷，冰塊剝落，漸漸可以看見被凍在後面的玻璃窗戶。

可下一剎那，黑梟的銀白色眼睛森冷地鎖住了毛茅。

「不知道、不知道、不知道、不知道、不知道。」黑梟喃喃地說，語速越來越快，語氣也從最初的平板滲入了一絲狂躁，「你說什麼……我通通不知道！」

在毛茅的印象中，彷彿永遠不會拉高的細細聲音驟然在大廳內爆發。

堅冷的面具終於有了裂縫。

黑梟的攻擊失去了一開始的冷酷，卻也變得凶猛狂亂，簡直就像發洩般地不斷轟擊著視野內所能見到的一切。

「黑梟學姊，木學姊呢？木學姊在哪裡？妳不是去找她的嗎？」毛茅邊快速奔跑，邊高聲詢問，在狂風暴雨般的攻勢中靈活遊走，同時儘可能地讓黑梟的拳頭一再落在那處露出窗戶一角的冰壁上。

相較於毛茅迂迴地閃躲黑梟，高甜對付那些由寒冰造成的怪物則是毫不手軟。

一柄長刀持握在她手中，刀起刀落，削掉了頭顱，削掉了肩臂，削掉了雙足；另外五柄長刀迅若矯龍，凡梭穿過之處，冰之守衛頓成一地殘骸。

再被高甜的黑色鞋跟碾踏過去，成了碎屑。

更多寒冰怪物生成。

那些尖銳的冰刺與冰柱被無形之力揉捏出新的形狀，成了一個個張牙舞爪的人形，呼嘯著朝高甜一擁而上。

它們舞動著大刀，銳利的冰刀捲起了強勁的氣流，每一下都是針對足以讓敵人一擊致命的部位。

高甜的移動速度快得讓人難以捕捉到，她在起落的刀鋒間遊走，動作迅速。握在手中的長刀閃爍出凜凜寒光，帶出銀星般的光軌，轉眼間就讓試圖欺近她身邊的敵人四分五裂。

隨著越來越多冰塊砸落在地，冰之守衛的生成速度在不知不覺中逐漸減慢。

注意到這點的高甜沒有放緩進攻，相反地，攻勢更加凌厲。

五把飛速盤旋的長刀就像被注入了生命力，它們緊追著更外圈的冰之守衛，猶如撕裂大氣的流星，貫穿敵方軀體。

破裂聲、倒地聲，硬物破碎的聲音此起彼落，宛若在大廳形成一首交響樂章。

就在高甜全神貫注地應付前方敵人的時候，後方堆疊的冰塊底下微微傳來了蠕動。

緊接著，竟是又有一隻新的怪物生成。

身高超過兩公尺的寒冰怪物全身冒出冰刺，如同橫衝直撞的戰車，衝向了後背空隙大開的黑長髮少女。

說時遲、那時快，一束黑影迅如疾雷地到來。

在高甜察覺氣流湧動出現異變、反射性回過頭之際——就見到一條泛著金屬光澤的漆黑長鞭死死捲住了冰怪的脖子。

帶著彎勾，彷若鐮刀的光羽「唰」地絞碎了它的頸項，讓上面的那顆腦袋從高處墜下，隨後換高壯的身軀被光羽支解。

嘩啦啦的，成了幾大塊碎塊，散落一地。

紫髮男孩露出一口白牙，金黃色的眼睛笑得彎彎，裡頭像盛著星光。

「不用謝唷，請我吃洋芋片就好了。」毛茅說。

高甜的回應是抬起手，兩把長刀「唰」地騰空飛起，高速向前直衝，距離毛茅越來越近。

然後越過他的肩頭，碎裂了另一隻意圖偷襲的冰之守衛。

「沒有洋芋片了。」高甜冷酷地宣告。

毛茅瞪大了眼，覺得自己的心要碎了。

但就在下一秒，毛茅和高甜飛也似地退離這塊區域，黑梟的失控攻擊已經到來。

這一次，竟連剩餘的冰之守衛也被波及。

黑梟轟下的拳頭根本不分敵我。

大片地面凹陷塌落，來不及躲避的冰怪被猛烈的力道碾壓得不成人形。

毛茅與高甜在地上翻滾一圈，又迅速撐地躍起。

「爲什麼要唱〈征服〉？」高甜忽然問道。

這問題來得似乎沒頭沒尾，可毛茅馬上反應過來。高甜問的是之前他和黑梟間的對話。

「因爲有首歌叫〈征服〉，然後歌詞就是『就這樣被你征服』。」後面一句毛茅是哼唱出來的。

「等事情結束之後，你想聽，我可以唱。」高甜說，語氣鄭重得像是承諾。

毛茅沒聽仔細，「哎？事情結束後要一起唱歌嗎？好啊，我們再找烏鴉學長一起去！」

黑鞭震動，如同在強烈表達自己也要去的激動情緒。

「就這麼說好了，等結束後……嗯，還是等人家休息完之後，我們一起去唱歌。」毛茅將歪掉的貓耳帽拉正，嘴角勾起，「當然，黑梟學姊和木學姊肯定也會跟我們去的，對吧？」

最末一字好似仍在空氣裡打著旋，毛茅已腳下用力一蹬，宛如一顆從槍口擊射出的高速子彈。

高甜的六把長刀同時緊追在後，然後超越了毛茅。刀尖銀光閃閃，氣勢洶洶，像一場最猛烈的狂風暴雨，瞬息之間降臨。

一把、兩把、三把、四把、五把、六把。

六花瓦解了金屬拳套的攻勢，逼得黑梟連連直退。

緊接著黑鞭在空中抽出破空之響，搶先縛纏住黑梟欲再抬動的手腕、手臂。

趁其不備，毛茅飛快掏出一項物品。

「黑梟學姊，妳還認得這個嗎？」

一個灰色的星星布偶猛地躍入黑梟眼中，布偶上的縫線歪七扭八，手工粗糙，眼睛和嘴巴看起來特別嚇人。

黑梟卻像被按下了靜止鍵，似乎一直以來只有「戰」的腦海裡，突然只剩下空白，包括她的攻擊都跟著無意識地停下。

毛茅抓緊時間迅速跳起，踩上了黑梟的大腿，整個人像條靈活的魚，翻身向上，雙腳勾住了黑梟的脖子，拿捏好適當的力道，一個扭身——

少女被重重地砸摔在地面上，撞出了沉重的聲響。

「高甜！」毛茅立刻一喊。

趁著黑梟還沒從地上撐起身體，六把長刀倏地呈兩兩交叉，交抵在她的左手、右手、腰間，猶如一座刀之牢籠，將她困在了底下，無法輕易動彈。

毛茅立即跨坐在黑梟身上，壓制住了對方掙動的上半身。

「黑臮學姊，妳看這個，妳只要看這個就好。」毛茅掏出了手機，放在了黑臮眼前。手機螢幕上是一張照片。

橘髮棕眸的少女笑得明媚燦爛，彷彿是在春天盛綻的花朵，溫柔又動人。

黑臮的瞳孔猝然收縮，嘴唇微顫，緊接著一個名字從她口中吐了出來。

「花梨……學姊……」

就在這瞬間，黑臮眼底白霜破碎，透明的液體從裡頭湧溢出來。

滾燙的淚水滲出眼眶，沿著臉頰落下，旋即越落越凶，更多的眼淚從黑臮恢復淺灰的眼眸中滑了下來。

毛茅看得分明，在淚水中，赫然混著一小塊令人想到冰體的結晶碎片。

他眼疾手快地伸出手，以指尖將那小塊碎片沾起，馬上從上面感受到冰冷的溫度，就好像真的摸到了冰塊。

「好冰……」毛茅驚訝地說。

「不是跟你說，不要什麼東西都亂碰的嗎？」高甜大步流星走近，一把握住了毛茅的手指。她剛離得遠，沒看見那片碎片源自何處，「這是哪裡來的？」

「黑臮學姊的眼睛。」

「我的眼睛裡面。」

毛茅和黑梟幾乎是同時開口。

確認黑梟恢復了意識，高甜召回契靈，讓其中五把長刀乖順地回到了自己的影子裡，僅留一把在手上。

黑梟像驟然被抽空了力氣，撐起的腦袋也無力地往後一倒，眼睫和髮梢的冰霜盡數融解，留下淡淡的水氣。

「那一天，我看見了花梨學姊……」黑梟小小聲地說，她的臉上沒有顯露疲色，可是她說話的力度讓人覺得像在努力地擠出最後一絲氣力，淺灰的眼睛彷彿隨時會撐不住地閉上，「學姊親了我，有冰冰的東西滑進我的喉嚨裡……然後，我只能隱約感覺到，身體不聽指揮，我的抗拒只是讓身體更增加負荷。」

「冰冰的東西？」毛茅不自覺地看著指尖上的碎片，「該不會……黑梟學姊吞進去的就是這個？這樣子聽起來，真的很像是……」

「《冰雪女王》的故事。」高甜握著毛茅的手稍微一使力，讓沾附在對方指尖處的碎片甩落，她毫不猶豫地一腳踏碎。

在《冰雪女王》的故事中，冰雪女王的鏡子被打碎了，碎片掉進人世中，刺進了小男孩的眼睛，鑽進了他的心臟裡，讓他變得冷酷，然後冰雪女王的親吻讓他遺忘了一切。直到他的青梅竹馬找了過來，用眼淚重新溫暖他，讓他心裡的碎片從他眼睛裡掉了出來。

被高甜踩碎的結晶，簡直就像是故事裡的鏡子碎片一樣。

毛茅幾乎是無意識地撫上了自己的眼，好像曾經在什麼時候，也感受過類似的刺痛……

不，錯覺吧？毛茅甩開了這古怪的念頭。

「等等，既然木學姊將碎片給了黑梟學姊，難不成……」毛茅沒有將話說完。

高甜和黑梟知道他的意思，她們不約而同沉默了，擺在眼前的事實讓人避無可避。

——木花梨的體內，也有冰雪女王的碎片。

「我要去找，花梨學姊……」黑梟奮力想從地上爬起，但剛撐起身體，腳步卻顯踉蹌。

還是毛茅及時扶住了她，「學姊，妳別勉強。」

「我沒有。」黑梟面不改色地說謊，只不過她的契靈反應出了她真實的身體狀況，「魔女在左邊三樓，花梨學姊很可能也在那。」

她太累了，累得連金屬拳套也維持不住形體，頓時像輕煙消散無蹤，露出蒼白的雙手。

毛茅與高甜對視一眼，他們都看得出來，目前的黑梟不適合繼續留在這裡。

必須讓她出去，要讓她休息。

但是，不能走地道。

黑梟僅剩不多的體力可能撐不住她走完，更別說要是她在地下一樓遇上危險，恐怕會難以抵禦。

最快的辦法是……毛茅猛地看向那扇從冰壁裡顯露出來的窗戶。

他本來只是想試試能不能在那邊開一個出入口，沒想到現在就能派上用場。

毛茅心念瞬動，手中的黑鞭也即刻有所行動。

堅韌的長鞭迅速捲起地面上一具還保留大部分形體的冰之守衛，不假思索直接就朝窗戶全力甩出。

玻璃的破碎聲像煙花炸開，巨大的窗戶被砸出一個破洞，還能聽見外頭傳來的驚異喊聲。

「學姊，失禮了。」高甜沒有起伏的話聲剛落下，雪白的手指便抓拎住黑梟的衣領。

黑梟淡灰的眼睛瞪大，她恐怕從來沒有想過，自己有一天居然會被一年級的學妹像投擲鉛餅般猛力扔了出去。

幾乎在黑梟的身影消失在窗外的剎那間——

建築物內外的冰霜如同被賦予了意志，轉瞬向四周蔓延，重新聚攏起來，將被擊破的洞口密密地封閉住。

讓榴華分部再次成爲堅不可摧的巨大牢籠。

第十二章

黑梟用所剩不多的力氣為自己做好防護，狼狽地在地上滾了幾圈，才總算感覺停了下來。

她全身上下都傳來抗議般的疼痛，骨頭像快散架，說不定站起來還顫巍巍的。

黑梟緩了緩呼吸，睜大眼睛，倒映在她眸底的是藍色的天空。

一瞬間，她以為自己是在白晝底下，但她馬上醒悟過來，她是在回收場內。

不只天空是藍的，雲片也是藍的，還有點點落下的細雪都是藍的。

「妳不是那隻……黑色的鳥？」

略帶疑惑的稚嫩嗓音無預警落在黑梟耳邊。

黑梟反射性地扭過頭，看見一雙小腳出現在她眼前。她順勢向上一看，繃緊的身子霍然放鬆下來。

來人個子嬌小，穿著一身藏青色制服，頭上紮綁著兩個圓圓的髮髻；一頭青碧色的髮絲散落在肩後，翠綠的眸子像初春抽長的嫩芽。

外表文靜可愛的小女孩正居高臨下地俯視著黑梟，手中還提著一個外貌如野獸的腦袋。

這畫面落在普通人眼中，只怕充滿著恐怖的衝擊性。

「我是黑梟。」但黑梟僅眨了下眼睛，細細的聲音像隨時會飄散在空氣裡，令人捉摸不到，「妳是……」

黑梟的灰眼睛從那張稚氣的臉蛋下移到平板的胸前。

「沒有胸的小書屋老闆。」

「混蛋！哪裡沒胸了？明明還是有一點的！妳眼睛瞎了嗎？」森柒暴怒地將那顆腦袋摔到地上，指著黑梟的鼻子大罵，還沒忘記特意地挺起胸口，「信不信老娘現在就讓妳再也爬不起來！你們這到底是在搞什麼，不是要好好防護榴華分部外圈的嗎？怎麼連防護網破了一個洞都不曉得，這邊連個防守的人也沒有！」

黑梟沒仔細聽森柒的抱怨，她的眼睛猛地轉向另一邊。

那邊充斥著躁動的人聲，金屬交擊的聲音，還有打鬥帶出的劇烈聲響。

而在這些混雜一起的聲音中，她清晰無比地聽見了——

一道她絕對不會錯認的聲音。

黑梟忽地爬了起來，顧不得全身像被壓碾過，沒有一處不傳來疼痛，她踉踉蹌蹌地邁出了腳步。

「是花梨學姊……我聽見花梨學姊的聲音！」黑梟眼裡燃起了狂喜。

「什麼？真的有嗎？喂，黑梟……黑梟！」森柒沒料到對方竟頭也不回地往前走了，那副身子怎麼看都像快要不堪負荷。

森柒惱怒地跺了幾下腳，覺得小鬼就是這點討人厭，都沒在好好聽大人說話。

「喂，黑梟！」森柒幾個踏步便攔截在黑梟身前。

黑梟神情陰沉，淡得像色素剝離的灰眼睛讓人感到滲人。她深吸一口氣，強行使用契靈，讓雙掌再次戴上金屬拳套。

尖利的爪子從拳套上彈了出來，像在無聲地警告面前的綠髮小女孩——誰敢阻撓她，誰就是她的敵人。

「妳是白痴嗎，還是被從榴華分部裡丟出來的關係，腦漿都凍沒了？」森柒拿著「朽木不可雕」的眼神看著黑梟，「憑妳這破身體，衝沒多久就可以直接躺平了。」

還沒等黑梟再開口，森柒又凶巴巴地吼了一聲，「閉嘴，別吵老娘！」

黑梟的眼神露骨地寫著「妳以爲我想跟妳多說話嗎」。

森柒捏了捏拳頭，接著從自己的包包裡倒出了一雙……鞋子。

那是一雙鞋跟起碼超過十五公分以上的高跟鞋，在諸多男性眼中，恐怕這就是一雙驚人的凶器。

森柒踢掉自己原本穿的平底鞋，換上了那雙高跟鞋，再對黑梟勾勾手指。

「看在情況特殊的份上，勉強將這份殊榮給妳了。老娘直接把妳拎過去吧，省得妳昏倒在半路沒人知道。不用回報，只要記得跟毛茅說上一百句我美麗善良，簡直就是小仙女之類的讚美就行。」

黑梟沒有一絲猶豫地打算繞道就走。

她的讚美只獻給花梨學姊，其他人想都別想。

森柒幾乎被黑梟的固執氣笑了。她也不想再浪費時間，不給黑梟一絲反抗機會，強勢地將已沒多少力量的黑梟扛上了自己的肩。

旋即那抹瞬間增高不只十五公分的藏青身影，扛著人就往前方疾速衝刺。

這幕倘若被毛茅看到，他一定會驚歎地嚷：高跟鞋眞的是敏捷加十的聖器耶！

森柒個子小小的，胳膊和腿也細細的，但是扛起黑梟似乎沒花費多大力氣。

她一邊像頭敏捷的羚羊在藍白色的世界縱跳，一邊嘴上嘟嚷碎唸。

「啊啊，本來是爲了穿給毛茅看的，讓他看看我也有一雙修長的美腿。」

「呵，墊出來的。」

「就叫妳閉嘴了！不知道『禮貌』兩個字怎麼寫啊！」

「妳又不是花梨學姊。」

要不是顧忌著眼下場合，對方又還是毛茅同社團的學姊，否則森柒眞想當場把黑梟直接扔下，大喊一聲老娘不幹了。

也不想想她現在換上高跟鞋是爲了誰？還不就是爲了不要讓黑梟的半截身體可憐兮兮地被拖曳在凹凸不平的地面上。

森柒對自己的身高還是有自知之明的。讓一百四十幾公分的小身板來扛快要逼近一百七的雙馬尾少女……

假如不把自己墊高，那畫面就怕太令人不忍直視。

不過很快地，黑梟就沒有心思和森柒針鋒相對。她們從榴華分部的側面繞到正面，放眼望去，建築物前的地面已變得殘破不堪，隨處可見深深的裂痕如同交錯的傷疤，大大小小的碎冰凌亂遍布。

除此之外，還能見到許多花葉形狀的結晶四散，那些都是污穢曾經存在的證明。

看得出來，這裡經歷了一場驚心動魄的激鬥。

而這場戰鬥，還在持續。

兩抹海藍色的身影被三隻肖似巨猿的污穢圍堵。

眼裡燃著白火的怪物出手毫不留情，它們的爪子、牙齒，還有從體表突變的根根棘刺，讓它們變得既危險又可怖。

它們發出震耳的咆吼，從地上飛起的寒冰纏上它們的手臂，成爲盔甲般的存在，硬生生扛下了長刀與柴刀的劈擊。

尖銳的聲響不停在藍天白地上爆裂開來，讓聽聞者不禁心驚膽跳。

海冬青和時玥雪正在力抗污穢，時衛面對的卻是比污穢更棘手數倍的敵人。

——木花梨。

明顯受到冰雪女王操控的橘髮少女出手狠辣，每一劍都直抵致命之處。她似乎渾然不覺體力的極限，也感受不到身體傳來的疼痛，就像一尊只聽從主人命令的人偶。

相較之下，時衛的攻擊卻是處處受限。他無法對自己的同伴下狠手，只能儘可能地牽制對方的一舉一動。

換作平常，時衛的戰力比木花梨遠遠高出一截，要壓制她並不是難事。

然而現在的木花梨受控之下連自身的安危都不在乎。她一心一意只想擊斃眼前的金髮青年，劍勢凌厲冷酷，步步進逼。

更別說時衛更面臨了體力即將耗盡的困境。

他咬著牙，全神貫注地操控契靈，可終究還是讓自己負傷了；木花梨身上的傷痕也無可避免地增加。

當森柒氣勢洶洶地闖進了戰圈，無論是除穢者或是污穢皆反射性地望向這名突來之客。

這一看，時衛等人閃過震驚，誰也沒想到會看見失蹤的黑梟重現在他們面前。

而且，還是被扛過來的。

森柒速度飛快，她一把扔下黑梟，脫下自己的高跟鞋，對準海冬青他們那方的污穢直接狠狠砸了過去。

在污穢恍神的剎那，藏青色的嬌小身影火速躍出，仿生契靈抓握在她的手裡，立即加入了海冬青與時玥雪他們的戰局。

三隻污穢對上了三名除穢者，戰況立即變得勢均力敵。

黑梟滿心滿眼只剩下木花梨。

「花梨學姊……花梨學姊！」她彷彿感覺不到摔在地上傳來的痛楚，跌跌撞撞地衝向了木花梨的所在。

「黑梟！」時衛爲她的衝動發出暴喝，及時煞住了鐮刀的攻勢。

「眞的是白痴！」森柒恨鐵不成鋼的大吼從高處扔下，她手腳靈活地爬上了一隻污穢的頭頂，劍尖凶猛地往下捅進，「她用的是仿生契靈啊！」

這句話像驚雷打進了黑梟心底，也令她如同醍醐灌頂。

她怎麼忘了，花梨學姊自從契魂衰竭之後，就開始改使用仿生契靈了。

而仿生契靈的力量源頭，就來自於……

手環！

黑梟從地上抓起一枚尖銳的碎冰，不顧掌心被刺得疼痛；另一手在她咬牙召出契靈、覆上冷硬的金屬拳套後，猛地抓住了木花梨揮下的劍刃，將冰塊猛力扎向了對方手環的位置。

黑梟扎得精準，在不傷害到手環自身的前提下，讓環釦鬆開，點綴著多枚晶石的金屬手環頓時自木花梨的手腕脫落，在地上敲出了清脆的聲響。

同一時間，木花梨持握在掌中的長劍寸寸消散，最後只餘一團空氣。

木花梨的神情終於出現一瞬愣怔，好像無法理解自己的武器怎會平空消失了。

黑梟抓緊這個機會，用盡全力地抱住了木花梨。

「花梨學姊、花梨學姊……」眼淚從黑梟眼眶中湧溢出來，「花梨學姊最溫柔了，就算是像我這樣的人……就算是像我這樣的人，學姊也從來沒有嫌棄過。」

「學姊從不覺得我可怕，也不覺得我陰森……會溫暖握住我的手，會摸我的頭，會願意和我一起看《冥王星寶寶》……」

黑梟哭得像個迷路又好不容易找到家的孩子，雙手緊緊地、緊緊地圈抱住木花梨的後背。

「我們說好明天見的！說好要一起看『冥王星寶寶馬拉松』的……說好要將除魔社社辦全部裝飾上冥王星寶寶……」

氣力被掏空得差不多，無力跌坐在地的時衛忍住了嘴角抽搐的衝動。他單手摀著臉，強迫自己裝作沒聽到這個有違他品味的計畫。

「花梨學姊……」黑梟的雙腳像站不住般，半跪在地，雙手還是緊抱著木花梨不放，將臉埋在對方懷抱裡，眼淚似乎怎麼也停不住。

滾燙的淚水滲入了布料底下，像簇火苗般在木花梨皮膚上燃燒。

熱度霎時蔓延開來，像一場大火席捲了木花梨全身。

木花梨的眼睫突地眨動了下，凝結在眼底處的銀霜同時像遇到了熱源，一點一滴地漸漸散化。

最終化成了液體，從眼中滴落下來。

「黑梟……？」

黑梟霍地抬起頭，淚眼矇矓地望著上方那張明媚面孔。即使那是輕到不能再輕的話聲，但只要是屬於木花梨的聲音，她就絕對不會錯過。

「學姊？」黑梟深怕驚嚇到對方，小心翼翼地再開口。

然後她看見木花梨眼中溢出了更多淚水，有東西混在眼淚中跟著一併滑落。

那是一小塊如同碎冰的結晶體。

就跟從自己眼中掉出的一模一樣。

那是，冰雪女王的碎片。

距離較遠的時衛並沒有看清木花梨眼淚中混著什麼。

他只看到黑梟忽地站起身，伸手探上木花梨淚濕的臉頰，隨後就像是急切地將某個看不見的東西扔在地上，憤憤地踩了多次。

時衛眼一瞇，他雖然看不清，但從黑梟的舉動卻不難猜想得到。

那個東西……只怕就是令木花梨變得冷酷，將他們視作敵人的原因。

隨著魔女碎片從木花梨體內脫離，她原先站得筆挺的身姿突地一個不穩，整個人像被剪斷提線的木偶，雙腿一軟，突然跌跪下去。

「花梨學姊！」

「花梨！」

黑梟和時衛嚇了一跳。

尤其是黑梟，緊張地想撐扶對方。但她的體力其實也透支了，反倒變成兩人跪抱在一起。

「我沒事……」木花梨的笑意透著一抹虛弱，「就是……覺得全身都沒什麼力氣了……」

時衛提起的一顆心這時才放下，反射性撐起的身子也慢慢地坐了回去，「再加一個人，就能湊成一個虛弱聯盟，打一桌麻將了。」

手堅持要摟在木花梨後腰的黑梟轉過頭，語氣幽森，「區區的時衛，誰想跟你組聯盟。」

「虛弱聯盟聽起來的確不太好，不過我們還是可以組冥王星寶寶聯盟。」木花梨笑著，眼淚卻還是停不下來，透明溫熱的液體沿著她的臉頰淌下。她低頭看著黑梟，手指慢慢地抬起，直到撫上了對方的髮絲。

接著她抬頭看向時衛，露出了笑容，溫暖的深棕色眼眸含淚瞇起。

猶如沾著露珠綻放的美麗花朵。

「社長……所以眞的可以將社辦布置成冥王星寶寶的主題房嗎？」

「……隨便妳們。」時衛將自己在戰鬥中依然整齊服貼的髮絲耙亂，裝作沒看見黑梟趁隙回頭，陰森森瞪著自己的目光。

——彷彿只要他敢拒絕，就會用各種方法詛咒他。

算了，就讓兩個女孩子高興一次吧。頂多他那幾天戴上墨鏡，盡量減少那些刺眼玩意對眼睛的傷害。

得到應允的木花梨笑得更開心了。她急忙抬手抹去臉上的淚漬，扶起還圈抱著自己腰的黑梟，「對不起，黑梟……那天我失約了……」

「沒有……沒有那回事的！我們現在還是見到了，花梨學姊一點錯也沒有的！」黑梟紅著眼睛，用力地搖著頭。

「而且，黑梟終於願意親近我了……我很開心。」

黑梟傻愣愣地望著木花梨，一秒、兩秒、三秒，她驀地像猛然受到強光照耀又被踩到尾巴的貓咪，發出短促的驚叫聲，雙手摀著臉，大力地跳開了木花梨身邊。

聖光！花梨學姊太閃亮了，亮得讓人自慚形穢！

時衛早就預料到會有這光景出現，他看著木花梨從開心轉爲呆愣的臉，不禁低低笑起。

「冥王星寶寶？哥哥，那是什麼？」時玥雪疑惑的嗓音自時衛背後響起。

時衛轉過頭，不意外地瞧見在有了森柒加入之後，剩餘的污穢一口氣都被收割乾淨。

海冬青開始四處收拾散落的結晶，森柒也加入了收集的行列。

時衛從其他社員口中聽過森柒的名字，外貌宛如小女生的書店老闆，前任除穢者，還和澤蘭、伊聲他們是同期——並且，瘋狂地迷戀毛茅當中。

怪不得海冬青沒有像護食的猛獸一樣阻止森柒的動作，那些結晶到頭來都是爲了給同一個人嘛。

「哥哥，您的聽力想必跟體力一同流失得一乾二淨了。」時玥雪在兄長身邊站定，「您有聽到我說的話嗎？」

「聽到了。」時衛懶洋洋地說，「相信我，那不會是妳想要深入了解的東西。」

看多了可是會變智障的。

時玥雪對時衛的話抱持著懷疑，她好像曾在那隻胖得過分的黑貓口中聽過「冥王星寶寶」這幾個字。

也許……最近她除了摸索網路上那些社群平台外，還可以看看冥王星寶寶究竟是什麼。胖貓都看了，說不定毛茅也看了。

這樣他們之間就能創造出一個共同話題了。

「喂，時家的小鬼，公的那個！」森柒大步流星地走過來，小小的個子，一身的氣勢卻是強盛得很，「通訊器，給我！」

嘴上說著「給」，森柒也不等時衛同意，霸氣地將對方的耳機一把搶下。

時衛都還來不及說訊號可能還有問題。他們剛才與木花梨率領的污穢陷入激戰的時候，和所有人的通訊也無端受到阻擋。

或許是森柒的運氣格外好，她戴上耳機，調整了下頻道，就聽到人聲，「喂喂？隨便誰來回答我一下。」

「這聲音……」澤蘭吃驚地說，「森柒？」

「對，就是老娘我。」森柒不耐煩地說，「不是你們叫我們這些退休的再出來幫忙嗎，幹嘛一副大驚小怪的樣子。要不是凌霄還在國外，他早就第一時間衝過來這了。不過也差不多，聽說他已經在趕飛機了。」

「我的確有點驚訝妳會在這出現……不過更驚訝的是，通訊居然又恢復了。」澤蘭說，「剛剛我們誰也聯絡不上。」

饒是澤蘭性子再怎麼平和，接連幾次通訊中斷，也讓他忍不住想罵髒話。

少了多架飛行監視儀，他們已經無法全面掌握現況；偏偏和其他人的通訊又是時好時壞，簡直讓他們處於令人火大的被動狀態。

「森柒，妳身邊現在有誰？」

「時家的兩個小鬼、海冬青……噢，還有你們的兩個女學生。」森柒報著人數。

兩個女學生？澤蘭一怔，緊接著語氣是藏不住的急切。

「黑梟和木花梨嗎？她們平安無事了？」

「哪裡都沒缺，看起來是很平安了。所以胡水綠呢，不是應該由他負責坐鎮？」森柒目光不停瞄向尚被冰封的榴華分部。

她又不是蠢的，除魔社的幾個小鬼在這裡，卻沒有瞧見她最心愛的毛茅，用腳趾頭想都能猜得出來。

毛茅肯定是在榴華分部裡面了！

她家的毛茅就是那麼英勇帥氣，無人可比！

「胡水綠帶著毛茅、高甜、白烏亞潛進榴華分部，打算開啓分部的全部結界。」澤蘭言簡意賅地說明著，「森柒，妳過來的路上有看到什麼嗎？」

「看到你們的防護網破了。」森柒沒好氣地說，「不是應該各方位都有人顧守嗎？怎麼老娘來的那個地方連個鬼影子都沒瞧見……說錯了，只瞧見污穢而已，我就順便把它們宰了。」

「妳說哪邊的防護網破了？」

「就西南側啊，那邊不是有棵長得特別大的樹？」

澤蘭和伊聲心一沉。那個地方，該負責嚴守的人是蒲松煙和蒲公瓔。

但是，森柒卻說那邊一個人也沒有。

她們姊妹倆到哪去了？爲什麼擅離崗位？

待在車廂裡的伊聲和澤蘭對視一眼，在彼此眼中看到相同的猜測，這讓他們的一顆心不由自主地更沉了。

西南側不只是蒲家姊妹負責的區域——同時也是密道的入口。

該不會，她們瞞著所有人……私下也跟著進去了？

「剩下的換妳說吧。」森柒冷不防將耳機丟給黑梟，「妳剛是從裡面出來的，知道的肯定比我多。」

「澤老師，我是黑梟。」黑梟細細地說，「冰雪女王的藏身處在分部左側三樓，她把分部裡的人都關起來了，但我不曉得在哪裡。還有……」

黑梟不自覺地微蹙起眉頭，那是她在被魔女操控時所感知到的一縷思緒。

「她似乎，在找什麼東西。」

第十三章

胡水綠和白烏亞此時已進入圖書館頂樓。

或許是白烏亞身上猶沾染著人魚的氣息，他們一路上相當順利，甚至沒有遇到什麼阻礙。

本來該是雪白一片的圖書館，在回收場色彩的影響下，如今成了深淺不一的藍色。

無論是牆壁、天花板、地面、樓梯、廊道，以及那些足以構成大迷宮的書架，包括架上的書籍，全都刷成了深藍、淺藍。

恍惚間，幾乎讓人誤以為要踏入一片藍色海洋中。

唯有凝結在各個角落的冰稜仍是雪白的，散發著凜凜寒氣。

與分部其餘地方相比，圖書館受到的破壞程度不算大，大部分還維持著原貌，也不像地下室被厚厚的冰層凍封住。

見狀，胡水綠鬆了一口氣。他原本還擔心，要是圖書館內全被凍住了該怎麼辦。

「幫我留意四周。」胡水綠向白烏亞交代完畢，快步地走向靠牆的一排書櫃。

白烏亞沉著地注意周遭動靜，手裡緊握著巨劍。

胡水綠像是胡亂拿了幾本書下來，可是緊接著，被死寂與冰冷環抱的圖書館傳出了細微的異響。

白烏亞下意識尋找聲音源頭，隨後卻看見胡水綠面前的書櫃發生了變化。

書櫃挪動，上下層架折疊，向內縮進……

片刻後，書櫃與牆壁之間出現了一座控制台，上面分布著許多按鈕。

胡水綠手指飛快地在控制台上舞動，快得讓人幾乎看不清楚動作。他輸入了一道道指令，控制台上的燈亮了又暗，暗了又亮。

最後，胡水綠十指同時用力重重按下。

白烏亞下意識仰高頭，從上面傳來了奇異的聲響，就好像大型齒輪「卡啦卡啦」地轉動起來。

胡水綠又將剛拿出的書放至其他空隔，看似隨意的舉動，卻是讓控制台重新隱沒了。

書櫃恢復如昔，看不出絲毫異樣。

「胡老師？」這樣就好了？白烏亞的眼神明晃晃地表達出代表的意思。

也難怪白烏亞存疑，這一切看起來太簡單了，連操作都沒花多少時間。

「別擔心，結界開好了。」胡水綠肯定地說，「這本來就是救急用的，要是搞得太複雜，就壓根不是救急，而是浪費時間了。能聯絡上毛茅他們了嗎？」

白烏亞嘗試過通訊器，也試過手機，他對著胡水綠搖搖頭。

胡水綠彈了下舌頭，快速思索一番，心中立即有了決斷，「我們去樓下。」

「樓下？圖書館四樓？」

「對，那裡有另一套獨立的通訊系統，也許派得上用場，順便去那邊拿個東西。」

白烏亞不清楚胡水綠口中說的是什麼，他只是點點頭，二話不說地跟著對方行動。

兩道高挑人影敏捷地穿越重重樓梯與廊道，周圍安靜得讓人心生不安。

越是沒有敵人阻撓，越是讓胡水綠和白烏亞拉高警戒，眼下氣氛有如山雨欲來前的寂靜。更像是薄冰之下蘊含著洶湧的危險。

胡水綠和白烏亞都沒有讓契靈離身，他們三步併作兩步地來到了圖書館四樓。

此處同樣被藍白兩色佔據。

白色的冰，白色的雪，藍色的書之迷宮。

胡水綠的目標是館長室，只不過那裡的門遭到冰封，堵去了他們的去路。

白烏亞微退一步，接著巨劍悍然斬下，強勁的劍勢劈開冰層，包括冰層後的門板也一併被一分爲二。

木門倒下，砸出了響亮聲響。

看清裡頭的景象後，胡水綠登時鬆了一口氣。還好冰只是蔓延在門上與其他幾面牆上，而不是嚴嚴實實地把館長室霸佔個徹底。

第五壬的辦公桌上還放著一碗泡麵，只不過裡頭的湯汁早就被凍成一層冰了，偏偏冰還呈現著藍色。

乍看下，還眞像一碗有毒的泡麵。

胡水綠直接把桌上的雜物全掃落地面，坐上第五壬的位子，伸手探進桌面下，摸到了藏在底層的機關。

下一刹那，只見辦公桌的桌面從中分隔出一條線，再向兩旁分開。

胡水綠要使用的通訊系統，就藏在第五壬的桌子底下。

他只是抱著碰運氣的心態，以至於當耳機內傳來人聲的瞬間也怔了怔，旋即才反應過來那是伊聲的聲音。

「親愛的！」胡水綠驚喜地喊，聲音裡是藏不住的甜蜜。

「胡水綠？你那邊的……」

伊聲的問話只到一半就中斷，耳機裡換了另一人的嗓音出現。

「胡水綠。」那是澤蘭。

「爲什麼換成你了？」胡水綠姣好的臉蛋瞬時扭曲成嫌惡的表情，「你這是想打擊我的士氣嗎？啊？聽到你的聲音就讓我生理性不舒服。」

「相信我，這點我們彼此彼此呢。」澤蘭溫和地說，「不過爲了避免你把時間浪費在甜言蜜語上，所以由我來跟你通話。」

胡水綠發出響亮的咂舌聲，但他的不反駁就是同意澤蘭的說法。

「黑梟和木花梨都被救出了。」澤蘭沒有浪費時間，直接挑了重點，「蒲松煙和蒲公瓔很可能跟在你們後面進去了，你們有看到她們嗎？」

「蒲松煙和蒲公瓔？」胡水綠眉頭擰出一個結，「不，我們沒看到她們。直到我們這邊和毛茅他們分開為止，都沒有發現她們……你確定她們跟進來了？」

「不確定，但我想有非常高的機率。她們沒在自己的崗位上。」澤蘭說，「黑梟說了，冰雪女王就在左側大樓的三樓，你們多加小心，能拖多久就盡量拖多久。」

「你們想幹什麼？」胡水綠敏銳地問。

澤蘭溫和的嗓音滲出一股淩厲，「強攻進去。」

「行。」胡水綠也沒細問他們的計畫。他和澤蘭互看不順眼，但同時也對彼此抱持信任，「結界開好了，我和白烏亞待會準備去找毛茅他們會合。」

「還有件事要注意，冰雪女王似乎在找什麼，這也是黑梟那邊說的。」

「找東西？巧了，我也剛好在找東西。」胡水綠看了一眼手機上的時間，扭頭對守衛在門口附近的白烏亞一喊，「外面第六排書櫃，從左數過來第五座，從下往上第六層，找紅色書背……」

霍然意識到如今圖書館在回收場領域內，所有物品早就失去正常的顏色，胡水綠立刻再改口。

「找第十本書！五分鐘之內一定要找到！」

白烏亞轉身奔向外面。

「你在找的……該不會是複刻本？」

「對，之前交給第五拿去放了。你也知道自從書裡有魔女的布偶之後，那書就被特地收起來了，不像以前是隨意擱在外面。」

「我還知道你們藏書的位置很奇葩。」

澤蘭這話絕不是誇大。

隨著「不可碰之書」正本失蹤，複刻本成了魔女布偶的收納盒，榴華分部在對待複刻本時變得極爲愼重。

複刻本的存放位置只有胡水綠一人知曉。

即使放書的是第五壬，他也不會知道複刻本最後是收於何處——因爲書會在書櫃上隨機移動位置，每半個小時自動轉移。

這也是爲什麼胡水綠會要求白烏亞要在五分鐘內，找到他要的那本書。

否則複刻本又將被移轉至新的位置了。

確認完目前的情勢，胡水綠快步跑出館長室。

白烏亞果然找到不可碰之書的複刻本了。

只是那本表面鑲嵌著多顆寶石的金黃色書籍才剛被人取出，圖書館裡——異變橫生！

如果不是白烏亞動作夠快，只怕數根尖銳的冰刺就不只是刺進書裡，而是在他身上開了一個窟窿。

前一刻還只有少許冰霜侵佔的圖書館四樓，這一刻從四面八方飛速增生冰層。

剔透中又泛著白絲的寒冰宛若漲升的浪潮，以驚人的速度吞沒眼所能見的景物，冰冽的冷氣一同襲來，溫度直直下降。

寒冰一下攀爬至天花板、地板、書櫃，能通往上下層的樓梯同樣不被放過。

它們吞覆的速度太快，並且不約而同地再朝同個方向匯聚。

圖書館僅存的對外出入口！

毋須花上太多時間，這個地方就會被完全封閉住。

同一時間，那數根刺穿複刻本的冰刺改變了形狀。它們像隻大手，將金黃色書本牢牢地握在其中，然後立時消失在胡水綠他們眼前。

電光石火間，胡水綠猛地反應過來。

冰雪女王在找的東西……就是不可碰之書的複刻本！

她想要這個！

所以、所以……怪不得他們這趟會那麼順利，對方根本不在乎結界開不開啓，她只是在等待自己把複刻本取出來。

因爲她不知道複刻本被藏於何處。

縱使她抓住了第五壬，對方也透露不出任何訊息。

就連第五壬自己都不知道。

胡水綠猜不出冰雪女王要複刻本做什麼，但不論如何，書都不能落在對方手中。

眼看唯一的通道即將被冰霜佔據，讓人進不來也出不去。

「白烏亞，快去找複刻本！」胡水綠厲聲大喝，所有手術刀全部疾衝向那處即將被冰封的門口。它們圍成一個圓，硬生生扛住了數秒，讓冰的生成速度減慢。

這幾秒對白烏亞而言已經足夠。

暗紅色的高大身影快如雷電，搶在寒冰密合閉攏之前闖了出去——

過猛的勁道讓白烏亞在地面翻滾一圈。他迅速站起，回頭一看，大門已被厚實冰層重重覆蓋，門內景象成了一片模糊，再也看不清楚。

白烏亞深吸一口氣，義無反顧地朝著反方向疾奔。

複刻本只可能被送到冰雪女王的手上。

而那名最後的魔女……

就在榴華分部的左側三樓。

□

由於通訊全面斷絕，毛茅和高甜對於外界或是胡水綠他們那邊的情勢都不甚清楚，但他們對自己接下來要做的事沒有一絲遲疑。

他們都很清楚自己要做什麼。

找到魔女，宰了她！

毛茅和高甜穿過了結冰的樓梯和走廊，他們的目的地是黑梟提及的左側三樓。

彷彿要迎接他們的到來，一路上，毛茅他們沒有再遇上阻擋去路的冰之守衛，長驅直入地來到了榴華分部的三樓。

聳立在他們面前的，是一扇高度直抵天花板的冰雕大門，華麗的冰花在門上栩栩如生地綻放，邊緣流轉著剔透的光芒。

冰雕大門並沒有讓毛茅和高甜的腳步停下，他們心中有股強烈的預感——冰雪女王就在這扇門後，等著他們。

六把長刀瞬息之間從高甜影子中翻騰出來，它們如長虹貫日，在操控者的命令之下，一舉破壞了面前的巍峨大門。

冰門應聲碎裂，驚人聲響迴盪，精美的雕花霎時全成了殘破的冰塊。

一高一矮兩道身影沒有停下，直接踩著滿地碎冰前進。

榴華分部的左側三樓早已大變模樣。

不，恐怕不只三樓，包括四樓、五樓都被鑿通。曾經的辦公空間，如今竟成爲一座巨大的冰窟。冰錐叢生，像是一簇簇團聚在一起的寒冰花朵，嶙峋的冰稜從上方垂吊下來，末端折閃著冷光。

四處可見奇形怪狀的冰雕，有的肖似猛獸，有的形如怪林。環伺在周遭的空氣更是冰冽，低溫輕易就能刺痛人裸露衣外的肌膚，讓人彷若踏入了終年冰霜不化的極北之地。

而在最深處，層層疊砌的冰晶就像一張王座，上頭端坐的是一抹令人呼吸一窒的人影。

藍白色的長長髮絲如同剔透的冰體雕刻，蒼白纖細的四肢上可以見到蒼藍色的血管；那些血管就像某種妖嬈植物延伸的枝蔓，彷彿隨時會鑽破薄薄皮膚，從裡頭綻的開綻出花朵；從冰之王座上垂下的華麗裙襬，則猶如霜雪與冰花編織而成，閃耀著星辰般的碎光。

而在那張雪色精緻的面龐上，是一雙絕對冷酷的深藍色眼睛。

赫然是一名有著一頭藍白色長髮的少女。

她的髮色令人想到冰雪，長長的睫毛像凝著白霜，襯得底下的一雙藍眼更加無溫冷峭。

她就像雪，像霜，像冰。

像世上最為冰冷之物。

毋須言語，毛茅與高甜一眼就認出王座上的是誰，他們終於親眼見到了最後一位魔女——冰雪女王。

與之前碰上的魔女截然不同，冰雪女王僅是坐著，就散發出驚人威壓。難以言喻的壓迫感如潮水般自她身上源源不絕擴散出來，讓人本能地心生畏懼，雙足像生根般無法動彈。

但，不會是毛茅。

紫髮男孩就像是對那股駭人氣勢毫無所覺，依舊從容地咧開大大的笑容，金黃色的眼睛裡晃動的是鋒利又灼人的光。

「毛絨絨在哪裡？」

清亮的嗓音如同能切開一切的刀刃，在高廣的冰窟內迴盪，帶出了回音。

四面八方像是都能聽見「毛絨絨」三個字不斷地響動著。

高坐在冰之王座上的少女沒有回話，那雙冰藍的眸子沒有一絲情感地俯視著底下的兩人，宛如在看最卑下的螻蟻。

「毛絨絨和第五先生在哪裡？」這一次，毛茅替自己的話做了些修正，他總算還記得自家的寵物鳥是爲了追誰才把自己弄丟的。

「第五」兩個字似乎觸動了冰雪女王，她忽地彎起唇角，露出一抹無溫的笑容。

「殺了他，我就回答你們一個問題如何？」就連嗓音聽起來也像冬天寒霜。

殺了誰？這問題毛茅沒有問出來，他與高甜同時採取了行動。

黑鞭迅雷不及掩耳地抽出，鞭尾延長再延長，彷彿一隻凶暴的大蛇，露出鋒利的獠牙就要咬上獵物。

圍繞在高甜身邊的六柄長刀驟然疾衝，像六道高速銀色流星，直直竄向高處的冰色魔女。

但是有什麼的速度更快。

那些林立在冰雪女王身下的冰錐猛地拔高形體，成了一重重防護盾牌，一面碎了還有一面。

黑鞭和長刀彷彿永遠突破不完，直到它們凶猛的勁頭被磨耗殆盡。

與此同時，毛茅兩人後方倏地冒出了古怪響動。

他們反射性回過頭，撞入眼內的景象讓他們面露愕然，雙眼睜大。

地面震晃，原本平坦的冰層突出一塊又一塊，只不過轉眼間，一面巨大棋盤盤踞中央。

格子裡矗立的不是棋子，赫然是一隻隻相貌猙獰的寒冰怪物。

悠然站立在冰怪之間的是一名披著白袍的瘦高男子，淺藍髮絲亂糟糟地糾結成一團，大大的眼鏡頂掛在鼻梁上。

只是照片裡曾見過的深藍眼睛，此刻被霜白佔據。

就和先前的黑梟一模一樣。

那是……第五壬！

「殺了他，就回答你們一個問題。」彷若冰晶剔透的聲音再次響起。

少女語畢，下一秒轉爲輕笑，像是碎冰敲擊出清冽的迴響，帶著無盡的冷酷和惡意。

毛茅握緊鞭柄，反射性四下搜尋。

既然第五壬出現了，那麼毛絨絨呢？

然而放眼望去，在這個如同嚴寒冬季的空間裡，卻怎樣也找不到那名像絨雪的白髮少年。

冰雪女王的笑聲剛散逸在空氣中，棋盤上就有多把冰刀拔地升起，飄浮在冰之守衛和第五壬面前。

一雙雙的手握住了寒冰打造的兵器。

第五壬往除魔社的兩名社員看過去，臉上猶然掛著散漫的笑容，眼下則是連日沒有好好休息而產生的淡淡烏青色。

他看起來與平時沒有什麼不同，像是隨時還會笑呵呵地問毛茅要不要來一碗泡麵。

但是那雙像被霜雪浸染的眼珠子，在這一刻卻也說明了——

如今的第五壬，是敵人。

毛茅慢慢吐出一口氣，「黑梟學姊的例子告訴我們，要讓第五先生脫離冰雪女王的控制，就必須讓碎片混著淚水一塊從眼睛裡流出來……」

毛茅挑高眉毛，靈動的神情彷彿在說，他們該怎麼讓第五壬落淚？

假如是伊聲或澤蘭在場的話，憑靠彼此間多年的交情，肯定知道該如何攻心為上。

偏偏他們倆和第五壬頂多只見過幾次面而已。

嗯，也許再加上幾次被請吃泡麵的交情吧。

高甜的回答很簡單，「小豆苗，魔女的核心交給你找了。第五壬和其他傢伙交給我負責，我有辦法讓他哭。」

「真的？」毛茅忍不住訝異地問，他一時間就還找不出合適的辦法。

就連被毛茅持握的黑鞭都顫動了幾下，有如也在表達自身的懷疑。

容貌昳麗的黑髮少女面無表情地說：

「我會把他揍得哭出來。」

高甜一向是說到做到。

她揚起手，盤旋在她身邊的長刀迅速散開，直接鑽向了更外圈，將一眾冰之守衛、包括第五壬在內，都圈圍在刀網之中。

這也讓第五壬他們下意識地將注意力全放在長刀主人身上。

高甜一撥髮絲，亮黑的眼珠直直盯視住自己的目標對象。

相較於先前被操控的黑裊，單純只是文職人員的第五壬連「難纏」兩字都沾不上邊。

他的戰力太低了。

但最麻煩的問題也在於這點。

萬一高甜契靈力道一個控制不當，很可能就會造成難以挽回的傷害。

說得直白一點——戰力過高的高甜，一不小心就會把等級太弱的第五壬給打死了。

也因爲如此，高甜在對付第五壬時，才會果斷地捨棄自己的契靈，讓六花全部針對周遭的寒冰怪物。

她選擇直接動拳頭。

正如同她剛剛所說，她要把第五壬打到哭出來。

高甜邁出大步，垂放在腰側的五指張了又握，握了又張。

當她再次將手指緊攢成拳頭的時候，速度驟然提快，快得讓第五壬壓根反應不過來，就被人奪了手中的彎刀。

沒有給第五壬任何機會，高甜出手迅若疾雷，直接一記正拳先是重擊上對方肚腹，在他身體反射性彎下之際，更凌厲的攻勢如暴雨落了下來。

每一擊都專挑不會讓人嚴重受創，但絕對可以深刻體會到何謂疼痛的地方打。讓人痛到死，從表面卻又看不出來，更不會眞正傷及筋骨。

聽著拳頭落在肉體上的砰砰聲響，毛茅在心底默默爲第五壬劃了一個祈禱的十字架，一轉頭就將對方拋到腦後。

他雙眼熠亮，戰意灼灼，野性與鋒銳並存的笑容躍上他的嘴角。長鞭俐落一甩，瞬間就像顆疾射出槍口的子彈，高速縱跳而出。

他踩著寒冰怪物的肩膀、腦袋，將它們當作踏腳石，大幅度縮短與王座上魔女的距離。

他凌厲地揮甩出長鞭，闃黑的鞭子迅烈如電，目標直指高處的冰霜身影。

黑鞭攻勢銳不可擋，凡是阻冒在前方的冰稜冰刺，皆被不留情地收割，節節斷裂，在地上砸墜成更多碎塊。

毛茅再一甩鞭，鞭身冒出成排光羽，迅如蛟龍地在那些朝他撲來的冰之守衛間遊走。比鐮刀還要鋒利的光羽不客氣地絞掉一顆顆腦袋，隨後光羽隱沒，長鞭的長度猛地縮短。

下一瞬間，柔韌的黑色鞭子改變自身材質，如同堅不可摧的長槍，快狠準地貫穿了前面的多個冰怪。

碎冰聲劈里啪啦響起，冰之守衛的胸口登時炸開了一個窟窿。

緊接著，長鞭再猛烈抽回，同時光羽再現，讓冰之守衛的胸膛成了四濺的碎塊。

一具具軀體倒下，在冰窟裡形成厚重的砰響。

沒了擋路的障礙，毛茅奔跑的速度更快。

他就像一支被使勁射出弓弦的利箭，隨著他手腕擺動，鞭子靈活繞上了上方突出的冰刺，讓身子借力晃蕩過去，接著鞭子繼續在空中迴轉出大大的弧度。

黑得發亮的長鞭接連帶出兩個圓，毛茅飛快地點足在上，他就像無視了重力的法則，藉著以鞭身作爲支點，飛也似地再衝向空中——

他就快要逼至冰雪女王眼前了。

就連冰之王座上的少女似乎都難以再無動於衷地端坐不動。

她就要站起來，瞇細的藍瞳緊緊鎖定住那抹如發光閃電衝來的身影。

可說時遲，那時快，誰也沒有預料到的突擊從角落裡橫殺出來！

無數白針像一場猛烈的疾風驟雨，挾帶著重重殺機，衝向了高處位置的兩個人。

假使不是毛茅硬生生中斷了前行的勢頭，利用黑鞭強行扭轉方向，當機立斷地選擇讓自己從高空直接往下墜落，只怕那密集的白針有一半就要沒進他的身體裡。

「毛茅！」高甜從眼角瞥見這驚險一幕，驚慄從她的腳底一路竄上腦門，偏偏她的六花來不及從與冰怪的對峙中抽離。本能驅使她的身體，讓她不假思索地拎起前一秒被她踹翻在地的第五壬。

穿著研究白袍的男子還被劇痛攢緊了全部心神，根本來不及意會到自己身上發生了什麼事，整個人已被遠遠拋飛。

然後成了一張人肉墊子，接住了從上方墜落的紫髮男孩。

這一砸，有如壓倒駱駝的最後一根稻草，所有疼痛累加一舉爆發，讓第五壬再也忍耐不住地痛哭出聲。

眼淚像從關不緊的水龍頭內不停流下，連帶地讓冰雪女王埋在他體內的碎片沖刷出來。

同時也讓第五壬尋回了理智，然後他就哭得更委屈了。

他只是個虛弱的圖書館館長，爲什麼要承受這種暴力對待？這他媽的眞的太痛了啊！

毛茅和高甜此刻卻無暇顧及痛哭流涕的第五壬，他們沒忘記這座冰窟之內，居然殺出了第三方勢力。

究竟是誰？

未等毛茅兩人解開心中疑惑，那場像暴雪飛來的白針已密密麻麻地穿刺進冰雪女王身體。

高坐在冰之王座上的少女瞳孔猛地收縮，倒映在她瞳孔深處的——

還有一把緊追在白針之後，悍然到來的三叉戟。

近兩公尺長的利器閃耀著森寒冷意，雷霆萬鈞地劃破虛空，讓王座上的少女避無可避，當場被刺穿了胸口。

三叉戟力道之猛烈，甚至讓她身後的王座椅背跟著迸開數條深深裂紋

最後一切歸爲死寂。

第十四章

殘存在寒冰棋盤上的冰怪驀地停止一切動作。

它們就像單純擺設用的雕像，一動也不動，接著瓦解成無數細小的粒子，和散布在棋盤上的碎冰混雜一塊。

短短時間內，棋盤上就只剩下高甜、毛茅，和哭得打嗝的第五壬。

第五壬也不願意在小輩前這麼沒面子，但他就是痛到受不了，一邊哭，一邊難以置信地望著被釘穿在冰座上的冰色人影。

冰雪女王的表情還停留在前一秒的愕然，彷彿沒想到會突遭偷襲。

「結、結束了……」柔弱的聲音無預警打破這方寂靜。

隨之而來的是兩道藏青色身影。

前者留著煙灰色的長髮，外貌柔弱嬌美，讓人忍不住心生憐惜，她的雙手緊握著一根粗大的白針；後者的個頭更高一些，短髮俐落，銳利的五官中透著英氣。

「妳們……」第五壬瞪大了眼睛，「蒲公瓔、蒲松煙，爲什麼妳們會在這裡？」

第五壬的思緒有些混亂，他還沒弄清楚眼下到底發生了什麼事。

「果然靠你們幾個是靠不住的。」蒲松煙毫不掩飾臉上的輕蔑，眼眸冷冷地掃過毛茅等人，「要不是我和瓔瓔跟了過來，你們到現在還是拿魔女毫無辦法。」

「妳們一直跟在我們後面？」高甜驟然想到自己在地道內聽見抽氣聲，當時她以為是錯覺。

但很顯然地，不是。

那想必就是蒲松煙或蒲公瓔所發出的。

「我和煙姊，是擔心你們會完成不了任務……」蒲公瓔小聲解釋，「胡水綠做傻事，帶著資歷不夠的你們進來，可是我們不能跟他一樣也做傻事啊……只打開分部結界肯定是不夠的，斬草一定得除根才行。」

「瓔瓔說的沒錯。」蒲松煙一彈指，沒進冰雪女王胸口的三叉戟化為液體，再平空消失，「如果我們沒進來，誰來替你們收拾爛攤子？」

見蒲松煙收回契靈，蒲公瓔跟著抬起手。

所有白針登時脫離冰雪女王的身子，回歸到蒲公瓔身前。它們在空中旋轉一圈，接著陸續歸位，在蒲公瓔握著的那根大針上方組成一個圓形球體，讓她的契靈遠看就像一株巨大的蒲公英。

被毛茅握著的長鞭猛地一個震動。

如果不是毛茅加重手上的力氣，只怕黑鞭轉眼間就要變成人形，衝著蒲松煙破口大罵了。

「不對……」毛茅喃喃地說，視線盯住了王座上的魔女，「事情不對。冰雪女王還沒有消失，如果核心被擊碎，她的身體應該會馬上瓦解的。」

毛茅與高甜面對過多名魔女，他們太了解人形污穢在消亡前會有的狀態。

然而冰雪女王如今只是像尊沒有生氣的冰雕人偶，靜靜地端坐在她的王座裡。

奇怪的不只這一點。

既然第五壬都被派來對付他們了，那毛絨絨呢？

爲什麼毛絨絨沒有出來？

除非冰雪女王沒有察覺到毛絨絨的特殊，只以爲他是隻普通的鳥，隨手把他冰封在分部裡的某一處。

「第五先生，毛絨絨呢？他在哪裡？」毛茅把心中的疑問問了出來。

毛絨絨！

這三個字像一道強光，霍地照進了第五壬還有些混沌的腦子內，也讓籠罩在記憶上的朦朧霧氣一口氣被吹散，發生過的一切變得清晰無比。

第五壬全都想起來了。

「毛絨絨，在這裡……」第五壬乾巴巴地擠出聲音，他聲音沙啞，那是被高甜揍得痛哭流涕所造成的，「他一直……在這裡。」

沒有人能理解他的話語。

蒲松煙和蒲公瓔是不知道毛絨絨是誰。

高甜已掃視過周圍一圈，確認這裡並沒有雪球鳥或白髮少年的身影。

唯獨毛茅心中掠過了一絲不安。這裡明明除了他們就再也沒有其他人，爲何第五壬會說毛絨絨在？

一個荒謬的猜想猛地撞進毛茅腦海，讓他目光立即從第五壬的臉上轉開。移到了他之前一直注視的某個位置。

然後，他聽見了第五壬說：

「最後一名魔女，就是毛絨絨啊……」

第五壬的最後一字散逸在空氣中，迎接而來的又是一片針落可聞的寂靜。

就連高甜也臉色大變。

而即使是毛茅，也覺得自己的腦海此時像被落下的驚雷給砸得懵了。他呆愣原地，瞪圓的金眸瞬也不瞬地望著第五壬。

從他口中，說出了令人意想不到的事情。

這怎麼可能？毛絨絨怎麼可能會是冰雪女王？

「朕聽你放屁！」大吼出聲的是黑琅。

前一刻還是黑鞭型態的他，下一刻散了鞭子形體，眨眼間重新變成一名高大的黑髮褐膚男人。

這一幕無疑帶給蒲松煙兩人強烈的震撼，她們從未想過契靈居然能大變活人。

「鞭子變成人了！」

「而且那聲音……是那隻很胖的黑貓的聲音吧？我在地道裡有聽過！」

「怎麼可能會有契靈又變貓又變人的？」

「這太奇怪了，爲什麼契靈可以……」

「不，等等……難道說，是當年實驗失敗的眞．仿生契靈？」

蒲松煙與胡水綠等人同期，對於協會科研部曾進行過的試驗多少有所聽聞。

科研部當年曾想研發出具有生命的武器，好給予除穢者在戰鬥上更大的幫助。

但最後計畫終止，一切實驗作廢。

傳聞有極少數的實驗成果被留了下來，她以爲那只是空穴來風，畢竟要讓武器擁有自主意識，簡直是天方夜譚。

但是現在，她親眼目睹了武器在她眼前變作一名男人。

「不可能，眞·仿生契靈又怎麼會落到那個紫頭髮的小鬼手上？」蒲松煙目光如刀，刺向了毛茅，「你是從哪邊偷來的！」

「蒲松煙妳夠了！他是凌霄前輩的孩子！」第五壬忍無可忍地喊。

這讓蒲松煙當下啞口無言，原先來到嘴邊的指責斥罵只能硬生生嚥了回去。

凌霄，前任科研部部長，也是負責眞·仿生契靈實驗的執行人。

黑琅才不管那兩個雌性人類對自己投來的忌憚目光，他大步上前，一把扯住了第五壬的領帶，逼使對方仰起臉。

「那隻蠢鳥怎麼可能是魔女！他是公的，上面那個明明是母的，你當朕的眼睛瞎了嗎！更何況，他還沒盡到儲備糧食的責任，朕的鏟屎官都還沒吃過他，他怎麼敢死！」

「被吃也等於是死路一條吧……」第五壬被扯得有些喘不過氣，「我沒騙你，我眞的親眼看見他變成魔女……變成我們現在所看到的冰雪女王！」

「第五先生，我不懂。毛絨絨是跟著你去地下室的，爲什麼會在那邊變成……」毛茅說話的同時，感受到自己的肩膀傳來力道，他一抬頭，發現是高甜把手放在他的肩上。

高甜神色恢復淡漠，但那個舉動無疑就像是個安慰。

「跟著我？所以他是特意跟我到地下室的？爲什麼？」第五壬沒想到毛絨絨當時的出現還有這層原因。

「那傻鳥說你看起來太可疑了，他才偷偷摸摸地跟在你後面。朕問你，你沒事到地下室去做什麼？」黑琅咄咄逼人地質問。

「我？我可疑？」第五壬深感冤枉，聲音驟然拔得高亢。他大力搶回自己的領帶，否則他真的要被黑琅勒得沒氣了，「我只是想去地下室找我弄丟的吊飾！那是我好不容易連吃一百碗泡麵，收集了一百個泡麵蓋才終於換到的栩栩如生泡麵吊飾，還會散發泡麵味……」

第五壬還沒滔滔不絕地說完自己對泡麵的熱愛，有道聲音快一步地蓋住了他未竟的話語。

「因爲在那邊感受到最初實驗的結晶了哪。」

剔透如冰晶的少女嗓音乍然傳出，那麼悅耳，卻也那麼地……

讓人如墜冰窖。

因爲那是，冰雪女王的聲音。

第五壬吸了口冷氣，扭過頭的力道大得像要將脖子扭斷，他的面上露出了藏不住的驚恐。

蒲松煙和蒲公瓔更是一震，她們不相信自己會失手，兩人對視一眼，旋即飛身向前。

不管剛那句話是冰雪女王死前的故弄玄虛，或是她眞的還有一口氣……

那就再殺一次，讓她徹徹底底地再也開不了口！

但就在兩人剛落足在冰之王座旁的瞬間，像是玻璃碎裂的脆響清晰地傳入所有人耳內。

啪哩。

緊接著是更多聲。

啪、啪、啪、啪哩！

那抹似乎失去生命氣息的人影身上裂開一條條縫隙。

下一剎那，王座上的一切就像鏡面碎裂，冰雪女王的身影成了多片碎片落下。

王座上赫然空無一人。

冰雪女王消失了，滿地的碎片倒映出蒲家兩人錯愕的臉，猶如在狠狠嘲笑她們的失算。

取而代之的，是冷不防吹拂上她們耳畔的冷氣，冰冷的吐息彷若能帶走一切溫度。

蒲松煙和蒲公瓔大震，猛地轉過頭，然後——

冰之魔女的一隻手臂貫穿了蒲公瓔的胸口，另一手拉住了蒲松煙的衣領，在對方駭恐的眼神中，將嘴唇貼了上去。

那是一個冷冰冰的吻。

寒意順著蒲松煙的喉嚨一路下滑，再擴散至她的血管與四肢百骸，不祥的霜白色從她的眼底蔓延出來。

當冰雪女王鬆開了蒲松煙，任她像具空洞人偶地站在一邊，她的左手也緩緩地從蒲公瓔的胸口掏了出來。

蒲公瓔的胸前不見任何傷口，就好像剛剛那毛骨悚然的一幕不過是場錯覺。

可是，從冰雪女王攤開掌心中展露出來的淺藍花朵，說明了殘酷的事實。

「蒲……蒲松煙！蒲公瓔！」第五壬刷白了臉。

「第五先生，請你退到安全一點的地方去。」毛茅伸出手，擋在了第五壬前方，「不然晚點可能會波及到你喔。」

第五壬頓時又覺得自己全身都痛起來了。

冰雪女王看也不看跪坐在冰面上、虛弱得像隨時會暈厥過去的蒲公瓔，她將藍色花朵放進嘴裡，吞嚥下去。

「謝謝招待，除穢者的契魂不管是十五年前或是十五年後，都相當美味呢。尤其是融入了恐懼，讓美味的程度大大地提升。」

蒲公瓔指尖發白地揪著衣襟，似乎這樣就能讓她的心口不再疼痛，但她仍然感覺到力氣不停地自指縫間流失。

「不、不……妳怎麼能……」

「太吵了。」冰雪女王說。

雙眼染上霜白色的蒲松煙忽地伸出手，粗暴地提起自己的堂妹。

「煙姊！」蒲公瓔驚惶地瞪大了眼，淚水在眼中打轉，「煙……」

蒲松煙緊緊摀上了蒲公瓔的嘴巴。

「斬殺污穢才是重點，尤其是魔女，更是無論如何都不會放過。」

「所以，和斬殺污穢無關的人事物，根本不須放在眼裡。」

從冰雪女王淡藍色的嘴唇中，吐出的是不屬於她的聲音，時而偏低、時而偏高的女聲交錯著。

那是蒲松煙和蒲公瓔的聲音，可是現在卻是由冰雪女王發出。

「胡水綠他們是死是活，又有什麼關係呢？」

「我們只要殺掉冰雪女王就好了。」

「其他人不小心死在路上，那也是他們的命呀。」

「我們早就警告過胡水綠了，帶這些小鬼進來，根本是把這場任務視作兒戲。他都不看重自己的生命了，所以又干我們什麼事呢？」

聲音倏地再一轉，恢復成冰雪女王的嗓音。那悅耳的音階就像成串的冰晶撞擊晃動，在廣大的冰窟內形成幽幽的回聲。

「那個叫第五景的人類主動與我等談條件，他說他只是想追求答案。」

「他想知道污穢的核心能不能和除穢者的契魂相融合，如果可以，又會是怎樣的結果。」

「他向我等承諾，也向我等索取承諾。」

「他欺騙了他的同伴們，在囚禁我等的牢獄裡設下陷阱，讓他們無路可逃，無路可退。」

「我們挖出了他們的契魂，再交由第五景培育改造。」

「我們讓他在我們身上做各種實驗，剖開身體、注射藥劑、翻攪著我們的臟器，看著他將被改變型態的契魂一點一滴地融進我們的核心裡。」

「作爲回報……」冰雪女王伸指撫上嘴唇，像是回味美好記憶般舔了舔嘴角，「我們吃了他，手腳、血肉、骨頭、脊髓、大腦，能吃的都通通吃下肚，一點也不剩。」

「多愚蠢啊，怎麼會認爲我們會信守承諾呢？我們哪可能會向食物允諾啊，連你們人類都不會做出這種傻事了。」

冰雪女王終於從她高高的王座上走了下來，虛無的空中像有道看不見的階梯穩穩托著她的身子。

隨著她每往前一步，她的外貌跟著出現了變化。

如冰霜雕琢的藍白髮絲長度縮短，藍色漸漸剝離，曼妙的曲線變得平直；霜雪與冰花編織的長裙消隱，取而代之的是純白漆黑相間的寬鬆上衣和長褲，長長的黑色布條像鳥類尾羽垂墜在身後。

「你們稱呼我等爲污穢，將我們比擬爲骯髒的存在。」

「可是看看你們人類做出的那些事，最髒的不就是你們人類自己的心嗎？」

「人心，比污穢還髒呢。」

最後落足在地面上的，是個令人想到由棉絮和白雪堆砌而成的白髮少年。

他看起來溫馴又柔軟，唯獨水藍的雙眼不再清澈如湖泊，而是像永凍的冰原，誰的身影也倒映不進去。

那是……

「毛絨絨！」毛茅大喊。

「說錯了，我不是你們口中的毛絨絨。」毛絨絨的身形只維持了剎那，頃刻間，冰雪女王重新佇立於眾人身前。

冰髮藍眼的少女掩唇輕笑，眼底是如同極北之地的嚴寒森冷，在那裡尋求不到一絲溫度。

單單只是注視著，凍徹心扉的寒意就像要滲入骨子裡，把體內流動的血液跟著一併凍結。

「你們為他取的名字可真是……愚蠢得可愛，我更習慣喊他另一個名字呢。」

像被冬天親吻過的淡藍唇瓣一張一闔。

「不可碰之書。」

不可碰之書。

短短的五個字，對在場人而言卻猶如平地乍起一聲雷。

第五壬倒吸了一口氣。不可碰之書，那個消失的正本……他就是毛絨絨!?

「不對，這不可能！」第五壬失聲大叫，「我明明親眼看見毛絨絨變成妳，變成魔女的……就在地下一樓！」

「錯了，你看見的是我吞噬不可碰之書。多有趣，你們留下來的最初結晶反而引起了共鳴，喚醒了他的記憶，讓他想起一切。同時，也讓被壓制的我跟著甦醒過來。」

冰雪女王露出了美麗又冷酷的笑容。

「你們想封印我們，結果帶我們離開榴岩翡嶼的，卻是你們親手造出的封印。」

毛茅霍地回想起睡美人在被消滅前的嘶喊。

澤蘭的天賦逼使她只能口吐眞言。

睡美人說：是……是他放我們出來的——

那個「他」，原來指的就是毛絨絨嗎？

震驚的同時，毛茅的心底卻也浮上了一絲「果然如此」的情緒。

既然被封印的異變結晶都活過來了，那麼本身也融入部分結晶的不可碰之書，同樣發生活性化也不是不可能的事。

而很顯然地，不可碰之書比魔女們還要早產生了意志，才會有了書籍無故失蹤的意外。

根本沒有誰偷走了書，而是書自己離開的。

書還帶走了被封印的魔女們。

然後……

毛茅忽地瞪大眼，他也想倒抽一口氣了。他想起來了，那場和毛絨絨初遇時的爆炸。

噢不，是先有東西撞上了他，接著才有爆炸的發生，再來就是……

在煙霧裡驚鴻一瞥的多個小小人影。

原來那不是眼花造成的錯覺，那些恐怕就是還是布娃娃型態的，魔女。

而那天的一撞，還把本體是不可碰之書的毛絨絨給撞失憶了。

怪不得毛絨絨會說自己似乎丟失了重要的東西，應該由他封印著的魔女趁隙全跑了。

怪不得毛絨絨會有一雙結晶翅膀，他就是由結晶和特殊金屬研發出來的。

驀地，一股顫慄爬上毛茅後背，一個荒謬但又無法不去正視的答案躍跳至他眼前。

倘若冰雪女王一直被毛絨絨壓制著，那麼，這豈不是也代表著……她一直在毛絨絨體內？

零散的拼圖在這一刻全都回歸到正確的位置上，毛茅終於拼出了真相的全貌。

那場意外、那場碰撞、那場爆炸，以及煙霧裡嗚噎哭喊著眼睛好痛的聲音……

「妳沒有變作布娃娃，妳是化成了碎片，進入了毛絨絨的眼睛裡！」毛茅不敢置信地拔高了聲音，「就在我碰上毛絨絨的那一天——大毛！」

毛茅根本沒打算從冰雪女王那得到回應，見對方流露怔色，似乎沒想到自己居然會猜到這上面來的剎那間，他立刻採取了行動。

伴隨著嘹亮的喊聲衝出，黑琅從人形化成了漆黑的霧氣，一轉眼成了堅韌的黑亮長鞭，被毛茅的手指牢牢握住。

「既然妳吞了毛絨絨，那麼我就再把他挖出來，那可是我們家的儲備糧兼寵物鳥啊！」

長鞭凌厲地抽向了冰雪女王。

同一時間，高甜的六花也跟著衝出。

第五壬的動作慢了好幾拍，但他沒忘記自己連作戰人員都擔當不了。他拖著疼痛不已的身子，跌撞地奔向了離冰雪女王最遠的地方。

就算幫不上忙，但也不能讓自己拖了小朋友的後腿。

面對黑與銀相交的凜凜光束，冰雪女王先是輕笑，接著咯笑出聲，最後她有如被逗樂般地捧腹大笑。

「嘻嘻嘻……哈哈哈……哈哈哈哈哈！多聰明的小小蟲子啊，作爲獎勵，我告訴你兩件事吧。第一，你們想找的人都在你們當初封印我們之處。第二，我的核心分成了兩等分，一份在不可碰之書的體內等待甦醒，造就如今的我。你猜猜……」

少女笑聲越來越尖高，在拔高到一個極限的時候，突然轉成了宛若野獸般的咆哮。

「另外一份究竟是藏在哪裡啊！」

蒼白的焰火在冰色的眼瞳裡急遽燃燒，細碎的白焰轉瞬間成了熊熊大火，將那具纖細曼妙的身子吞沒。

下一秒，闃黑的色彩闖進了毛茅他們眼裡。

令人忍不住打從心底排斥的黏稠黑色反將白火吞沒，緊接著一口氣脹大，扭曲、變形，像是氣球被充氣到了極限。

掀起的強勁氣流吹開了毛茅和高甜的武器，連帶也逼退他們的攻勢。

那具濃黑的軀體高度超過數公尺，襯得毛茅等人越發渺小；頭顱兩端突出了巨大的犄角，中間是一個凹深的窟窿，蒼白的火焰在裡頭躍動；雙手是漆黑的利爪，下半身則是成了多根黑色的尖刺，如同鑽頭支立在地面上。

黑暗就像寬大的斗篷垂墜在她身體四周，每一條布料末端凝成鋒利的彎刀狀；彎刀懸浮在半空，刀鋒泛著黑漆漆的暗光。

乍看之下，那抹黑影簡直像是集結了全世界最髒污之物所形成。

像冰雕塑出來的少女不再，聳立在毛茅他們面前的，是黑色的魔女。

黑色的怪物。

第十五章

化成怪物的冰雪女王只是一抬指爪，所有散落在地面上的冰塊便浮起。

接著一隻隻冰之守衛重新矗立在毛茅他們面前。

若想要接近冰雪女王，就得破開前方的重重阻礙。

「六花——」

高甜冷澈的喊聲像是正式點燃了戰火。

六把長刀疾速飛馳，一把被高甜抓握住，四把大開大闔地迎上了敵人，另外一把則是竄至了第五壬身前。

第五壬先是一呆，隨後趕緊握住長刀，充當自己的防身武器。

不單是高甜的速度快，毛茅的黑鞭亦不落人後地快速遊走，不停地刺穿、切割，再擊碎。

黑色魔女放聲咆吼，回音不斷在冰壁間震盪，使得這座冰窟爲之撼動，圍在她身旁的彎刀接二連三地飛射出去。

與冰之守衛一塊阻攔毛茅和高甜的前進。

黑色與白色如凶猛的潮水湧了上來，像是要吞沒其中的兩道人影。

但毛茅兩人卻沒有流露一絲退怯之色，他們對視一眼，金黃和墨黑的眸子裡戰意噴薄。

他們就像兩道狂暴的暗紅雷電，一往無前，凡是阻擋在他們前方的事物，都要被他們不留情地撕裂絞碎。

第五壬看得目瞪口呆。他一直知道高甜實力驚人，可沒想到毛茅也不遑多讓。雖然之前曾聽澤蘭他們稱讚過，但終究比不上自己親眼目睹。

眞不愧是凌霄前輩的兒子啊！

第五壬忍不住在心中驚歎，不忘抱著長刀，極力縮減自己的存在感，繼續往安全之處一退再退。

可突然間，強烈的視線感讓他本能豎起了寒毛。一回頭，他發現冰雪女王的那隻獨眼正直直地盯住了他。

女王的微笑像歪斜的不祥月亮。

「你身上的味道和第五景很接近。看在第五景當年被我吃得一乾二淨的份上，就讓你們除穢者協會的人去自相殘殺好了。」

第五壬起初沒反應過來對方的意思，直到他看見鬆開已昏迷過去的蒲公瓔，從冰之王座上縱身一躍的蒲松煙。

短髮女子張手抓住了平空浮現的三叉戟，雙眼被銀霜佔據。

第五壬當場憋不住地罵了聲髒話。他只是個手無縛雞之力的文職人員，不久前還被人痛扁過一頓，骨頭跟散架了差不多。

現在冰雪女王還要讓蒲松煙跟他自相殘殺？

別開玩笑了，根本是他單方面要被虐吧！

第五壬只能拖著身子狼狽躲閃，時不時再勉強提刀格擋往自己身上落下的攻擊。

蒲松煙沒有一出手就是殺招，她如同貓逗老鼠般，三叉戟看似要索取第五壬的性命，但往往只驚險擦過。

第五壬咬了咬牙，決定再不行他就往冰窟外逃跑。雖然不曉得下面還有什麼危險在等自己，但總比待在這讓毛茅他們分心好得多了。

主意打定，第五壬攢足所剩不多的力氣，拔腿就想往門口狂奔。

說時遲，那時快，冰窟地面驟然震晃，棋盤崩裂，寒冰就像是活過來一樣，如浪潮湧動。層層疊起伏的冰浪中，隱約有一抹金黃在裡頭隨之浮沉。

突如其來的震動讓第五壬一個趔趄，再也穩不住身子，摔在了地上。

第五壬疼得連連吸氣，好不容易撐坐起來，撞進視野內的卻是來勢洶洶的三叉戟。

第五壬一口氣哽在了胸口，雙眼瞠大，掩不住滿滿的驚慌。

就在千鈞一髮之際，熾銀利光迅如流星般到來，強悍地截殺了直衝第五壬的攻擊。

第五壬瞪大的眼睛裡倒映出一柄巨型大劍，同時劍身上還映出了他滿臉驚恐的表情。

半晌後他才意識過來，這是除魔社其中一名社員的契靈。

「白烏亞！」第五壬反射性喊出來時，巨劍的主人已從他身邊掠過。

灰髮青年人如其名，他的身姿就像展翅翱翔的飛鳥，須臾之間已來到蒲松煙跟前。

蒲松煙連召回契靈都來不及，立時被俐落地放倒，剝離了意識。

「烏鴉學長！」毛茅一腳踹翻被自己割了腦袋的冰怪，稚氣的臉蛋上毫不掩飾見到對方的欣喜。

白烏亞快速打量自家直屬的全身上下，確定他沒有受到什麼傷害，一顆心才從嗓子口放了回去，目光馬上再鎖向另一處。

——正被冰浪快速送往冰雪女王身邊的金黃色書本。

「不能讓魔女拿到不可碰之書的複刻本！」白烏亞高聲厲喝。

黑鞭與銀刀勢頭凶橫，雙雙緊追著那抹金黃而去。

卻還是慢了一步。

金黃書本被闇黑的異形之爪拿了起來。

裡頭的書頁無風自翻，被收納在裡面的布娃娃一個個凌空飄起，環立在冰雪女王面前。

毛茅一個激靈，陡然間就有了答案。

關於剩下核心的位置。

「妳把另外一份核心再切割了……就藏在其他六名魔女的身體裡！」

「答對了！」黑色魔女大笑，她爪子一動，飄浮在空中的六個布娃娃全成了碎屑。

四散的棉絮中，有更微小的發光粒子飛了出來，光點再變成晶體。

一、二、三、四、五。

只有五個晶體。

「不可能！為什麼少了一個？」光點沒入冰雪女王體內，眼洞裡白火瘋狂搖曳，洩露了身體主人劇烈波動的情緒，「為什麼少了一個！」

冰雪女王確信自己把另外一半核心切割成了六等分，在不可碰之書受到衝擊，放出她們的時候，將六枚微小得難以察覺的碎片放進了其他六位同伴的體內。

但現在，偏偏少了一個。

那天還發生了什麼她不曾注意到的意外嗎？

冰雪女王又驚又怒地調動了毛絨絨的記憶，她本來是不屑翻看的。

一幕幕記憶如書頁在她腦海中快速翻動，每個微小細節纖毫畢現地展露出來，無所遁形。

不可碰之書原本就力量不穩，撞上了人之後，登即引起一場小型爆炸，連帶也讓化形成布偶的變異結晶趁隙逃逸。

偏偏不可碰之書就算是陷入了昏迷，還是依靠本能封印住了被關在最後一層的自己；逼得她只好分割核心，等適當時機一到，就能重新甦醒，繼而讓自己變得完整。

碎片飛入了不可碰之書的眼中。

飛入了小紅帽、長髮公主、人魚、紅舞鞋、睡美人的眼中，以及……

紫髮男孩的眼中。

「是你！」

冰雪女王憤怒地嘶吼，燃燒著恐怖白火的眼睛猛然盯向毛茅，手中的複刻本被重重地甩落地面。

被扔下的書本攤展開來，封面封底的線條和寶石相連在一起，那圖案乍看之下，竟像是一隻圓滾滾的鳥兒。

「什麼東西是我？」就算是被可怖的漆黑怪物緊緊盯住，毛茅還是一派遊刃有餘。可只要細觀他的姿態，就會發現他早做好隨時可以暴起攻擊的準備。

冰雪女王的回覆是指揮著全部的冰之守衛瘋狂進攻。

作爲她下肢的尖刺隨著她的移動重重擊碎了冰面，凶暴的姿態就像狂雷降臨，肆虐萬物。

可緊接著，令人聯想到雷聲的震天聲響眞的在冰窟上方炸裂。

不對，他們是在榴華分部內，怎麼可能會有雷鳴出現！

毛茅他們反射性向上望。

冰窟頂端被炸開了巨大的洞，澄藍色的天幕登時闖進了眾人視野之內，恍惚間，讓人以爲身處白晝底下。

兩顆紫色腦袋從上方探了進來，除了垂在額前的劉海顏色不同是一黑一白，兩張面容找不出相異之處。

「冬溪學長!?」毛茅吃驚地大叫。

「不要把我們的名字省略成這麼短好嗎！」

「而且居然還把兩個人直接捆綁在一起，小朋友你是有多懶？」

發表完不滿的項冬、項溪沒有再多廢話，他們握著剛才轟開榴華分部屋頂的白色短槍，從上方一躍而下。

「礙事！」冰雪女王吼聲一出，壁面上瞬時突冒出數根冰刃，衝著由高空落下的兩條人影而去。

毛茅眼疾手快，黑鞭立刻改變了方向。

鞭身彈指間延伸得更長，像頭矯健的黑龍，迅雷不及掩耳地纏住了項冬和項溪的腳踝，強勢將兩人從生死一瞬間的邊緣拽了出來。

只不過在把兩人放下的時候，動作就有些粗暴了……

項冬、項溪覺得自己被摔得七葷八素，他們晃晃腦袋，察覺到腳踝的束縛消失了，立刻跳起來，黑黝黝的槍口二話不說瞄準目標。

扳機扣下，像結晶雕刻的子彈立即脫出，擊中的卻不是冰雪女王，而是繼續圍刺向屋頂洞口的冰刃。

抓緊冰刃炸裂的瞬間，又一道人影從上方跳了下來，寬大的白袍衣襬被氣流吹動。

「澤……澤蘭!?」第五壬還以為自己眼花了，用力地揉了揉眼睛，「你這榴華雙虛之一沒事幹嘛來湊熱鬧？」

「我也不是馬上就虛的。」澤蘭喘著氣，沒有加入戰局，而是退到了第五壬身邊。他一張手，一把與他斯文氣質不相符的粗獷獵槍從影子裡浮現，「我來，只是預防萬一，看冰雪女王那還有什麼沒逼問出來的。」

不過看眼下情況，顯然他的天賦派不上用場了。

有了項冬、項溪，還有白烏亞的加入，本來僵持的局面馬上出現顯著改變。

「胡水綠呢？」第五壬問道。

「伊聲帶人去救他了。」澤蘭比了比自己的耳機，「不久前通訊又恢復了，怕打草驚蛇，我們都只安靜地聽，然後安靜地展開行動。」

澤蘭帶著項冬、項溪從上方強行攻入。

伊聲率領其餘人手潛入密道，再兵分兩路。一路跟著森柒，破開地下室二樓的冰層，解救人質；一路則跟著她趕往圖書館四樓。

「冰雪女王怎麼了？她怎麼忽然間像發狂了？」澤蘭沒有聽見冰窟裡後半的對話。

「她在找自己分割出去的核心。她把一半的核心再分成六枚小碎片，藏在其他魔女體內，就是那幾隻布娃娃裡面……」

「這可真是……連我們都沒檢測出來。」

「只能說她很好地利用了人形污穢沒有使用力量就產生不了波動的特性。」

「然後呢？」

「她說少了一個。又對著毛茅說，是你。」

第五壬與澤蘭倏然間安靜下來，他們瞪向彼此，眼底是即將滿溢出來的驚駭。

這意思簡直明顯得不能再明顯了。

冰雪女王遺失的最後一片核心碎片……就在毛茅身體中！

「我的天……」第五壬的聲音都在抖了，可他眼神亮得驚人，看著戰場上的紫髮男孩，像看著珍稀的寶物，「但這怎麼可能……」

是啊，怎麼可能？一般的人類，怎麼可能絲毫不受到魔女核心碎片的影響？

兩名大人能想通的事，除魔社眾人們也在片刻後釐清了來龍去脈。他們眼露震色，隨後不假思索地調整了作戰位置。

高甜、白烏亞、項冬、項溪將毛茅護在中央，不讓冰雪女王有機會接觸到對方。

「我的身體裡有魔女的核心碎片？」毛茅語氣透出驚奇，像是孩童碰上了新玩具，「但我一直沒感覺耶，是因爲我是隱性的關係嗎？所以沒受到影響，所以那些污穢才會一直以來都不喜歡我？」

不喜歡還是客氣的，只要不是毛茅蓄意挑釁，污穢完全不想多看他一眼。

「哪有這種隱性？隱性只是後天才覺醒契魂！」第五壬拉高聲音，「你那聽起來更像是天賦異稟吧！」

這隨意的一句，就像電光猛然竄入了澤蘭腦海。

一直以來……

天賦異稟……

沒錯，這就是了……天賦！

澤蘭臉色變了又變，最後停在了恍然大悟上，他低低笑了出來，爲自己的後知後覺。

「我終於明白了，爲什麼毛茅這麼不受污穢喜愛……」他靠著牆坐下，手裡托著長長的獵槍，槍口對著黝黑的巨大怪物。

「不是因爲他是污穢界的黑暗料理？」項冬拋來了疑問。

「是天賦，像我和時衛一樣，與生俱來的能力。」澤蘭吐出一口氣，「而毛茅的天賦，看樣子是對污穢的隔離啊。」

所以污穢才會對他視而不見。

所以魔女才會對他毫無興趣。

所以……就算冰雪女王的碎片進入了他體內，也從未對他造成影響。

毛茅不自覺地撫上眼角，好像又回憶起那一夜不明物體飛入眼睛的刺痛。

與此同時，魔女們曾經的呢喃躍出。

「你沒有味道，你聞起來一點也不美味。」

「不要你的，連吃的價值都沒有，光是氣味就足以令人倒盡胃口。你的存在妨礙了我的食欲，這眞是讓人不愉快，」

「唔，這樣聽起來，我還是很像污穢界的黑暗料理啊。」就算是被護在中央，毛茅的鞭子也沒有停下攻擊。

猝然間，覆蓋在地面上的冰層迸開裂縫，像是一隻猛獸潛伏在底下前行。下一剎那，寒冰凝成的大蛇從裂縫裡竄了出來，蛇首高昂，大張的嘴裡是四根尖長嚇人的獠牙。

更多冰蛇在蠢蠢欲動，從地底、從壁裡、從冰窟的頂端。

簡直就像萬蛇攢動，令人寒毛直豎。

冰雪女王咆哮，「那我就撕裂你！踩碎你！讓你血肉模糊！然後取回我的碎片！」

「好啊，有種妳來啊！順便告訴妳，我的運氣向來還特別好！不只能猜中污穢核心在哪，還能……」毛茅咧出了笑，抓起地面上的一塊尖銳冰片，毫不遲疑地就朝自己掌心戳下。

「毛茅！」高甜與白烏亞神色驟變，眼底焦灼。

「嘿，冷靜。」毛茅這句話不只是對著高甜和白烏亞說的，也是在告訴黑琅。他扔開了冰片，握緊漆黑的鞭子，力道之大讓震顫的鞭身總算鎮定下來。

「猜出我身體裡的這個……在哪裡啊！」毛茅掐了一下被割出傷口的手掌，鮮血滴落，紅色的液體中混著一顆小得容易讓肉眼忽視的晶體碎片。

毛茅一腳就將碎片碾成碎末。

急急衝來的冰雪女王在這瞬間像是被無形的絲線大力扯住身子，在半空呈現剎那的停滯，震怒混著惶恐的尖嘯衝出了她的喉嚨。

那是魔女第一次洩露了害怕的波動。

而除魔社，會讓她更深切地體會到這種感覺。

「核心在眼睛下方和靠外面左二的那根尖刺裡！」黑鞭從毛茅手中脫出，像柄所向披靡的長槍。

槍聲響起，獵槍和兩把白色短槍同時射出了子彈。

銀光一閃，巨劍迅若雷電。

高甜站姿筆挺，語氣平淡，「六花。」

那是真正的六花開綻。

六朵花，三十六把劍。

一場最冰冷的劍雨，毫不留情地從上傾灑下來，銳不可擋，也無人能擋。

漫天煙塵和冰屑紛飛，足足過了好幾分鐘才完全散去……

不管是冰之守衛或黑色的魔女，全都不復存在。

視線所及之處的嚴冰一併消融，連丁點痕跡都沒有留下，最後展現在眾人眼前的，是被破壞得慘烈的大樓空間。

裂痕縱橫交錯的地面上，散落著花葉形狀的剔透結晶，還有一個白色的布娃娃。

而在那些淡白結晶群裡，有一枚帶著明顯瑕疵的結晶體特別顯目。本該璀璨的金黃表面，混雜著像被大火燙灼過的焦黑。

接著結晶形狀一變，平空成了一本包裹著金色書皮的厚重書籍。

同樣地，那書皮也像是被煙熏過，髒兮兮的，上頭的寶石還掉了幾顆。

第五壬摀著胸，彷彿可以想像圖書館全體成員的悲嘆加上胡水綠的怒火，「那麼漂亮的一本書……怎麼就變成這樣了呢？」

再一晃眼，不可碰之書消失，蹲立在原地的是一名白髮少年。

少年全身上下都灰撲撲的，像白雪沾上了一層灰，衣服也有些破破爛爛，像長長尾羽的裝飾布料上還有好幾個破洞，整個人看起來既狼狽又可憐兮兮。

他抬起柔嫩的臉蛋，水藍色的眼睛裡盛滿了惶然又驚喜的淚水，有如一隻迷路許久終於找到家的小動物。

他似乎想要飛奔向毛茅，但又裹足不前，彷彿深怕自己給對方帶來什麼麻煩。

毛絨絨已經全都想起來了。

魔女事件的源頭，都是由他開始的。

「活過來」的感覺讓他太興奮了，他不想被一直關在同一個地方，才會化爲鳥形，從監視器的死角飛出了榴華分部。

卻撞上毛茅，發生了意外，放走了魔女，自己還失了記憶。

越想，毛絨絨越覺得自己一定會被拋棄的，還會被帶回分部，被做各種可怕的實驗……

「反正都沒魔女了，正本就當弄丟了如何？」澤蘭忽然摘掉了通訊器，慢悠悠地說。

「啊，我是沒什麼意見，也省得胡水綠發飆。」第五壬聳了聳肩，從坐姿滑爲躺姿，「我只希望醫療隊能趕緊到，我全身都痛死了……」

毛絨絨像是不敢置信地扭過頭，再滿懷冀望地看向了紫髮男孩。

「毛絨絨，歡迎回來！」毛茅露出了大大的笑容，裡面沒有一絲陰霾，看起來一點也不在意毛絨絨的眞實身分原來是本書。

不過毛茅很快就被白鳥亞拉過去了。

他的直屬掏出手帕，爲他手上的傷口包紮，不忘用一雙漂亮的冰藍色眼睛無聲地譴責他的冒失。

反倒是他的長鞭變成了人——黑琅伸開了雙臂，破天荒地對毛絨絨展現了熱情的態度。

毛絨絨熱淚盈眶，哽咽了一聲，第二聲還在喉嚨裡醞釀著，他就聽見黑琅說：

「毛茅，別忘記之前答應過朕的。救回這隻蠢鳥後，朕要一邊吃罐罐，一邊把他吊起來，然後放在火上烤，烤小鳥的香氣會非常有助於增加食欲！」

「放心，我記得的呢，我也會準備好洋芋片的。我已經想好要吃什麼口味了呢，烏鴉學長還說會幫忙點火的唷。」

毛絨絨的眼淚卡在眼眶裡。

溫馨呢？感動呢？

毛絨絨看著摩拳擦掌，笑容裡漸漸滲出險惡的黑琅，反射性抱緊自己，瑟瑟發抖。

嚶嚶嚶，他現在再申請回去被繼續冰凍著，還來得及嗎？

尾聲

隨著冰雪女王徹底消亡，封凍榴華分部的寒冰也在剎那間消失得無影無蹤，彷彿從來不曾存在過。

包括榴岩市的雪也停了……

胡水綠見到伊聲率眾前來解救自己，臉上的喜悅怎樣也壓不下來，那張美麗的面孔簡直笑得像上面要開出一朵花似的。

但是當他瞧見榴華分部裡的各種狼藉，那張臉瞬間又轉成了鐵青。

在開啓回收場的前提下，與冰雪女王的戰鬥確實不會對現實造成影響。

然而冰雪女王初次現身榴華分部，並引起冰風暴的時候，可是沒人來得及開回收場的。

換句話說，那些破壞都是貨眞價實地存在著。

光是想到這些修建所須的花費，胡水綠就覺得額角抽痛，尤其是他們的左側大樓毀損得最爲嚴重。

這個時候，伸出援手的是時衛。

時衛提出了交換條件，他可以和家族交涉，說動他們贊助維修費用，而胡水綠只要答應一件事即可。

——別把毛絨絨的眞實身分說出去，讓他能繼續待在毛茅家。

胡水綠沒多加猶豫就答應了。

就像澤蘭說過的，魔女已被殲滅，不可碰之書在不在都沒意義了。不如對外就說是魔女們掙脫了它的封印，並將之銷毀，此書再也不復存在。

不用爲金錢大傷腦筋後，胡水綠轉頭處理起另一堆爛攤子，其中就有蒲家姊妹的處置。

蒲公瓔被挖出契靈；蒲松煙在冰雪女王消失後，控制她的那塊碎片自然也消逸。她恢復了正常，並且對自己堂妹失去契魂的事勃然大怒，認爲這全是胡水綠他們的疏失造成的。

如果他們能再多護住對方，她的堂妹也不會落至如此下場……

胡水綠自然是不會任蒲松煙在榴華分部繼續撒野，他迅速且不留情地向協會報告一切來龍去脈，並強行將兩姊妹送了過去，讓協會決定對她們的處分。

再來的事，毛茅就不是很清楚了。

也沒打算去弄個清楚。

因爲比起之前的魔女，有個更恐怖的大魔王正降臨在他眼前，讓他無路可跑。

而這個大魔王，就叫作期、中、考。

連續三天的考試徹底榨乾了毛茅的腦汁，他都覺得自己要從水靈靈的美少年，變成被脫乾水分、蔫巴巴的可憐小白菜了。

當最後一張試卷交出去，毛茅都可以聽到歡欣鼓舞的鐘聲在自己心裡瘋狂響動。

他已經計畫好了，接下來的假日，他要好好地睡！好好地吃！當然還要好好地看一下課外讀物！

睡覺和洋芋片萬歲！小黃書萬歲！

只不過這項計畫最後只有第一個完美地實行。

睡得飽飽的隔天，毛茅是被樓下的喧鬧人聲吵醒的，他以爲是黑琅又在單方面地欺壓毛絨絨。

沒想到走下樓一看，卻發現客廳裡居然坐滿了人。

「烏鴉學長、高甜、小青？」意外的訪客讓毛茅還有一絲迷濛睡意的金眸登時睜得又大又圓。

在白烏亞看來，就像受到驚嚇的貓咪。

可愛，想摸頭。

「還有……」毛茅轉頭看向另一張沙發，「東邊、西邊學長？」

「小朋友，你是故意的吧？」捧著別人家馬克杯喝茶的項冬說。

「是項冬、項溪。」吃著別人家冰箱裡點心的項溪說。

毛茅決定對兩位不懂得客氣、把他家當成自己家的學長祭出了魔法咒語。

「項冬學長、項溪學長，我要跟我……」

魔法咒語還沒發動完成，就被突來的門鈴聲打斷。

「還有客人？」毛茅驚訝極了，「今天是什麼日子？難道我昨天剛買到可樂味的洋芋片，大家都知道了？」

「我不知道。」白烏亞搖搖頭。

「我現在知道了。」高甜說。

「我去開、我去開！」毛絨絨跳了起來。

項冬、項溪無來由地感到後背一涼，坐立難安。

黑琅皺起了一張貓臉，抬起自己的貓爪爪，「朕掐指一算，覺得有個礙眼的東西即將出現在朕的面前了。」

「嗯，琅哥說的都對。」海冬青替黑琅順毛的手沒有停下。

毛絨絨踩著拖鞋快速跑出去，深怕再沒做出一點貢獻，自己這個房客就要被掃地出門。

庭院的門一打開，一道高大身影背著光站在門外。

毛絨絨瞇細眼睛，努力辨認門外人的長相。

很陌生，是個男的，還穿著好像在哪看過的藏青色衣服……

啊，他想起來了！在森柒身上看過！

這是……除穢者的制服啊！

毛絨絨還沒驚呼出爲什麼有除穢者找上門，後面就傳來了腳步聲。

「你迷路就算了，連鑰匙也能搞丟眞的太厲害啦。」毛茅揚起手機晃了晃，「不過我還是得說，歡迎回來啊——」

下一秒，毛茅越過毛絨絨，開心又歡快地撲了上去。

「爸爸！」

《除魔派對》完

後記

諸君，歡迎來到《除魔派對》的最後一集！

我真的寫完完結篇了！自己都覺得感動不已……

第七集就某方面來說算得上一波三折，主要原因還是在我的身體（摀臉）

剛開始寫稿不久，我就把自己搞成急性胃炎了，幾乎是躺了一禮拜才總算復沽，那時候天天都想著吃肉吃肉吃肉。

感覺都快變禁斷症狀了……

能夠盡情地吃美食真的太太太幸福了！

但是胃炎才剛離我而去，感冒就又找上門了。還是會讓全身肌肉痠痛的那種，很像是睡了一覺然後被人痛打一頓的感覺。

而且感冒還連續上門了兩次（囧）

於是原本跟編編約好的交稿日期，也被我一再地推後了，在這裡真的要對編編大喊一聲：

嗚嗚嗚對不起——

但總算在經歷各種波折後，還是成功地寫完了《除魔》的完結篇。

本集是滿滿的戰鬥戲大放送，寫到都覺得這好像是我有史以來寫過最密集、也最多的戰鬥場合了。

由於除魔社的大家都是靠武器或近身戰打鬥的，不像之前寫《神使》還有類似魔法的特效，因此在思考劇情的時候也花了更多的時間，腦內不停地在模擬動作。

希望大家能覺得完結篇章的動作戲分很精彩，到時候歡迎對我各種誇讚XDD

與前面的六位魔女不同，最後一位的冰雪女王比她們都還要更加強大，一出手就直接把人家榴華分部給凍住了。

這也讓除魔社和胡水綠他們在行動上比以往辛苦許多。

看到冰雪女王與毛絨絨的身分關聯後，不知道你們有沒有感到吃驚？

其實當初在看感想區大家的回應時，就有一位讀者很厲害地猜到毛絨絨就是不可碰之書。

不過大家應該沒想到，冰雪女王的核心碎片居然有一片飛到了毛茅的眼睛裡，這是從第一集開始就埋下的伏筆。

這次的最後魔女取自安徒生童話的《冰雪女王》，是個非常有特色的故事。我在書裡只是大略提到，大家有機會可以去看看完整版的，很多細節都非常有趣喔。

雖然毛絨絨在《除魔》裡一直被大毛欺負XD但他在最後一集也成功成爲封面擔當了！

收到夜風大寄來的圖時，忍不住想在螢幕前跪下了。

眞的太美了！藍色系搭上毛絨絨的白，眞的讓人目不轉睛，難以移開視線。

啊，對了、對了，大家別忘記要把封面書衣拿下來，裡面藏有完結篇才有的彩蛋喔。

看了會讓人瞬間噴笑WWWW

本集雖然是《除魔派對》的完結篇，但是尾聲放了超明顯的提示，那就是我們的凌霄爸爸終於回來了～～

沒錯，下一集的番外，至今只聞其名不見其人的凌霄，將要正式活躍在你們的面前！

我們番外篇見了～

附上感想區的QR碼，對於《除魔派對》有什麼想法，都歡迎告訴我。

醉琉璃

除魔派對熱鬧感想搖滾區QR Code
歡迎大家上來聊聊唷！

Cleaning Up

【下集預告】

除魔派對

傳說中的養父大人終於回來了！
在毛家吃白食的毛絨絨如坐針氈，
深怕隨時被凌霄掃地出門。
但很快地，他就發現自己是杞鳥憂天了。
凌霄這一次歸來，帶回的可不只是滿滿洋芋片，
還順道，帶回一連串麻煩……

毛茅心想：
哎，自家老爸還真的讓人不省心！

番外〈除魔運勢上上籤〉

4月，預計出版！就算是日常番外，
毛茅他們也要大顯身手！

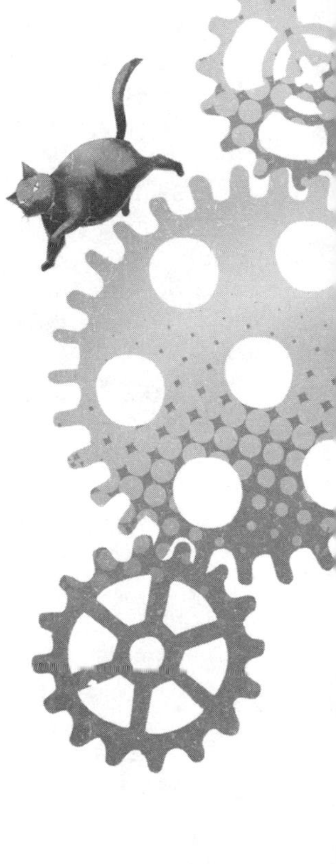

國家圖書館出版品預行編目資料

除魔派對.vol.7：榴岩翡嶼皆大凶 / 醉琉璃 著.
——初版. ——台北市：魔豆文化出版：蓋亞文化
發行，2019.02
面； 公分.（Fresh；FS166）
ISBN 978-986-96626-8-0（平裝）
857.7 107023383

fresh FS166

除魔派對 vol.7［完］榴岩翡嶼皆大凶

作　　者　醉琉璃
插　　畫　夜風
封面設計　莊謹銘
主　　編　黃致雲
總 編 輯　沈育如
發 行 人　陳常智
出 版 社　魔豆文化有限公司
發　　行　蓋亞文化有限公司
地址：台北市103赤峰街41巷7號1樓
電話：02-2558-5438　傳眞：02-2558-5439
電子信箱：gaea@gaeabooks.com.tw
投稿信箱：editor@gaeabooks.com.tw
郵撥帳號 19769541　戶名：蓋亞文化有限公司
法律顧問　宇達經貿法律事務所
總 經 銷　聯合發行股份有限公司
地址：新北市新店區寶橋路二三五巷六弄六號二樓
電話：02-2917-8022　傳眞：02-2915-6275
港澳地區　一代匯集
地址：九龍旺角塘尾道64號龍駒企業大廈10樓B&D室
電話：+852-2783-8102　傳眞：+852-2396-0050
初版一刷　2019年 2月
定　　價　新台幣 240 元
Published and printed in Taiwan

ISBN 978-986-96626-8-0

FS166

魔豆文化　讀者迴響

感謝您在茫茫書海中選擇了魔豆，您的支持是我們最大的動力。
不要缺席喔，讓我們一起乘著夢想的羽翼，穿越時空遨遊天地！

姓名：　　　　　　　性別：□男□女　　出生日期：　年　月　日
聯絡電話：　　　　　　　手機：
學歷：□小學□國中□高中□大學□研究所　　職業：
E-mail：　　　　　　　　　　（請正確填寫）
通訊地址：□□□
本書購自：　　　縣市　　　　書店
何處得知本書消息：□逛書店□親友推薦□DM廣告□網路□雜誌報導
是否購買過魔豆其他書籍：□是，書名：　　　　　□否，首次購買
購買本書的動機是：□封面很吸引人□書名取得很讚□喜歡作者□價格便宜□其他
是否參加過魔豆所舉辦的活動： □有，參加過　　場　　□無，因爲
喜歡出版社製作什麼樣的贈品： □書卡□文具用品□衣服□作者簽名□海報□無所謂□其他：
您對本書的意見： ◎內容／□滿意□尙可□待改進　　◎編輯／□滿意□尙可□待改進 ◎封面設計／□滿意□尙可□待改進　◎定價／□滿意□尙可□待改進
推薦好友，讓他們一起分享出版訊息，享有購書優惠 1.姓名：　　　　e-mail： 2.姓名：　　　　e-mail：
其他建議：

廣告回信 郵資免付
台北郵局登記證
台北廣字第675號

魔豆文化有限公司　收
103 台北市赤峰街41巷7號1樓

魔豆

魔豆